中村真一郎手帖

cahier Nakamura Shin'ichirô 2021

16

目次

✤中村真一郎を読む

✤コロナ禍のなかで……

✤追悼　山崎剛太郎

✳中村真一郎の会

特集《中村真一郎と三島由紀夫》

ドミニク・パルメさんに聞く

『夏』と『仮面の告白』の翻訳を通して

聞き手＝井上隆史

真一郎との出会い

――昨年、来日していただいて講演やパネルをお願いすることになっていたのですが、こういう事態になってしまいました。しかし、逆に、オンラインでいろいろお話し出来るというのはいいですね。

ドミニク・パルメ　久しぶりにお声を聞くことができて、嬉しく思います。実は私は、きちんとした発表よりも、即興的に話をするのが好きですから、Zoomを使ってのインタビューという形がすごく良いのではないかと思います。

――どこから伺いましょうか。詳しいことを存じ上げないんですが、最初に真一郎さんとお会いになったのは、いつ頃なのでしょうか？

パルメ　多分一九七二年か、ひょっとしたら、一九七三年の春だったかもしれません。私が国立東洋言語文化学院（INALCO）で三年生になった時に、中村さんが割合に長く、何カ月か滞在していたと思います。

――年譜を見ると一九七二年のようですね。

パルメ　その時、私の修士論文を指導してくださいましたオリガス先生から、中村真一郎という有名な作家が授業の時に講演してくださると知らされました。あの時、私だけではなくて他の学生たちも三年間とか、多くて四年間ぐらい日本語を勉強していましたが、現在と違って、まだ日本へ行く体験は全くありませんでしたし、パリで日本語を話すきっかけもなかったから、ほとんど日本語が分からなかったのです。でも、私にとって非常に印象的だったのは、中村さんの話を聞いて「全部分かった」という驚きがあったのです。

——それは面白いですね。

パルメ　その時、恐らく中村さんはフランス語では話さず、多分オリガス先生が通訳として中村さんのお話をフランス語に訳したのでしょうが、とにかく中村さんの日本語が全部分かっているという気がして、錯覚だったかもしれませんけれども、私はすごく喜びました。話の内容ははっきりとは覚えていないのですが、ちょうどその一年か二年ほど前に、中村さんは『頼山陽とその時代』という本を出されましたので、多分そのお仕事について、いろいろと話されたと思います。午前中の授業でしたので、その後、大学の食堂で皆さんと一緒に食事をしました。

実は、中村さんがパリにいらっしゃる数カ月前に、オリガス先生から一つの宿題をもらいました。私たちは、日本の現代文学についてまったく無知でしたのに、「戦後の作家を一人選んで、その作家について簡単な発表をしてください」ということでした。でも、どうやってその作家を選ぶのか、非常に難しかったです。その頃、フランス語で日本の近現代文学についての本はありませんでしたし、もちろん中村さんのような小説家の翻訳も全くありませんでした。

私は、INALCO の図書館へ行き、日本の現代文学事典を開き、「戦後派」という項目を読みました。その中に中村真一郎の名前が出てきました。それだけではなく、例えば野間宏、大岡昇平や椎名麟三なども。でも、私は、その中の一人の名前も知りませんでしたし、どれを選んだらいいか分からなかったわけです。最終的には、野間宏にしようか、中村真一郎にしようかと悩みました。

——どのようにして真一郎を選んだのでしょうか？

パルメ　中村真一郎についての文章を読んだら、彼は一九四一年に東大を卒業しましたが、同じ年にネルヴァルの『火の娘』の翻訳を出したということを知って、すごくびっくりしたわけです。なぜかというと、一つの理由は、私は若い時にいわゆる文学少女で、十九世紀のフランスの詩人のうちで一番好きなのはネルヴァルなのです。

もう一つの理由は、考えてみれば、その時、中村さんは非常に若かったですね。二十三歳ぐらいでしょうか。フランスからものすごく離れた日本で、あの時代に、ある若者がネルヴァルについて何かを書いたということに、本当に驚きました。

——心を動かされた……

パルメ　といいますか、日本語を習う前に、私はソルボンヌ大学で、フランス文学と比較文学を勉強していたのでよくわかっていたのですが、ネルヴァルは、その時代まで、つまり、一九三〇年代の半ばごろまでは、いわゆる《romantique mineur (minor romantic)》、つまりユーゴーやボードレールに比べれば、ロマン派の作家のうちであまり重要な役割を果たさなかったとされていたのです。もちろん評論家のうちでも、読者たちのうちでも、ネルヴァルという名前は知られていましたし、ネルヴァルの作品にものすごく憧れている人たちもたくさんいたのですが、一九三〇年代の半ばごろになってやっと、評論家によってネルヴァルの作品の偉大さが認められたわけです。もっと詳しく言えば、ネルヴァルがフランス・ロマン派の作家たちの中で、ドイツ・ロマン派固有の神秘的な次元を、自分の作品内で活かせた〝唯一の詩人〟としてやっと認められたのです。

ですから、ちょうどその時代に日本で、まだ非常に若かった中村さんが、いったい何でネルヴァルの作品を訳そうと考えたのか、私にとって一種の謎だったのです。今、考えてみれば、多分、堀辰雄の影響があったのかもしれませんが……。

――そういうことを真一郎と話されたのですか？

パルメ　いや、話しませんでした。ただ、オリガス先生の宿題に、ネルヴァルと中村真一郎との関係は非常に不思議だというようなことを書いただけです。オリガス先生は、私の宿題をものすごく気に入って、褒めてくださいました。それが、私の一つの出発点でした。

中村さんの講演は、一九七二年の春だったと思いますが、夏休みになって、私は、両親がブルターニュに持っている別荘へ行きました。すると、不思議なことに中村さんからの手紙が届きました。私は知らなかったのですが、オリガス先生が、中村さんに私の宿題を見せたんですね。何で非常に若いフランス人の女学生が自分についてその宿題を書いたのか、中村さんはすごく驚いたのではないかと思います。ですから、私宛てのお礼の手紙を出してくれたわけです。

――そういうご縁だったのですね。

パルメ　その時、私は日本へ行くことが決まっていましたので、中村さんは手紙の中で「東京に着いたら、ぜひ連絡してください」と書いてくれました。私は一九七三年九月に東京に着いて、三年間ぐらい青山学院で仏文科の専任講師としての仕事をしました。しかし、すごく忙しかったし、私からあえて中村さんと連絡することはできなかった。何と言いますか、卑小な存在である私が、どうして偉大な作家と連絡をとることができるだろう、と思っていました。ですから、日本での三年間の滞在の時に、中村さんに全く連絡しなかったわけです。ただ、ちょうどフランスに帰る数カ月前、青山学院の仏文科に小佐井伸二という教師がいて、割合に親しい友達だったのですが、初めて彼のアパートに行ったら、本だらけでした。その本棚には中村真一郎の作品がたくさんあった。私は小佐井さんに「中村さんの作品に興味を持っていますか」と聞きました。すると「中村さんは、C'est mon maître en littérature.（僕にとっては文学の師匠である）」と言って、「本当に中村さんにお会いしたかったら、僕と一緒に中村さんのところへ行こう」と提案してくれました。でも、私は、日本を出る前に、いろいろなことで忙しかったものですから、中村さんに会いに行かなかったわけです。最初のところは、そういういきさつなのです。

――なるほど。タイミング次第で会うべき人に会えなくなるということもよくありますからね。なんだか物語を聞いているような気がします。

パルメ　そうですね、いかにも中村真一郎らしい物語ではないですか。

三島由紀夫の死と『音楽』の翻訳

――ドミニクさんが真一郎にはじめて会ったのは、三島由紀夫が死んだ直後と言ってもよい時期ですね。今回ドミニクさんは『仮面の告白』の新しい訳をお出しになりましたが、かつてメレディス・ウェザビーの英訳からのフランス語重訳が出たのも一九七一年でした。当時フランスで三島への関心は大きかったのではないかと思いますが、三島はドミニクさんの研究対象の候補にはならなかったのでしょうか。

パルメ　あの時にはそんなことは全く考えられなかったです。三島由紀夫の自決の日、その知らせはもちろんフランスまですぐに届きました。私の記憶ではオリガス先生やINALCOの他の優秀な先生、例えば藤森文吉先生や二宮正之先生は本当に……。

――そうですか、二宮先生がいらした時ですか。

パルメ　そうです。私はよく二宮さんの授業に出ていました。彼らは皆、「三島の死は本当に悲劇的な出来事です」と言いました。教師たちは激しい、ほとんど絶望的な反応をしめしていました。しかし、私は三島由紀夫という作家が、多分日本の二十世紀の文学の中で一番、あるいはそのグループの優れた作家の一人であるということしか知らなかったわけです。私は日本へ行く前に、一九七一年か七二年だったか、『金閣寺』の仏訳も読みましたし、それから『仮面の告白』の最初の翻訳も読んだでしょう。しかし、三島を研究しようとか、いつかその作品を訳そうというような意図は全くなかったです。

――それはなぜでしょうか？

パルメ　確かに『金閣寺』の文章の美しさや逆説的なテーマには心を奪われましたが、それは翻訳を通じてであって、私にはまだ日本語の原文で三島を読むことが出来なかったのです。そして日本に来てからの私と三島との出会いは不幸なものでした。表参道を歩いていると、拳を握って演説する自決直前の三島の姿が何枚も電柱に貼られていました。私はそれが嫌だったのです。だから三島の作品を読もうという気持ちになれませんでした。

私と三島との本当の出会いは、それから二十年ほど経って、一九九一年の夏だったと思います。ガリマール出版社から、三島の小説『音楽』について読書ノートをまとめるように頼まれたのです。この作品の翻訳権を買おうかどうしようか決めるためでした。私はその時はじめて、三島の小説を日本語で読みました。そして、今まで自分がこの作家に偏見を抱いていたことに気づいたのです。その偏見は一瞬のうちに崩れ落ちました。『音楽』という小説は本当に面白いですね。そこにはふんだんにアイロニーが用いられ、パロディ、この作品の場合はフロイトの症例のパロディですね、それからパスティシュ、つまり探偵小説の手法を用いた紆余曲折に満ちたスリラー小説のパスティシュ、そして卓抜した建築家のような作品構成力、『音楽』にはそういった才能が満ちていました。いま建築家と言いましたが、これに対して川端は私にとって美しい旋律を作る作曲家なのです。

私はガリマールに、ぜひ『音楽』を出版すべきだと言いました。ステレオタイプ的な見方で神話化されてしまった作家を脱神話化するためです。翻訳のプロセスは楽しいものでした。『音楽』のフランス語訳が出版された二〇〇〇年の暮れに、アルバン・ミシェル社から私の訳した『川端－三島往復書簡集』もほとんど同時に出されたのです。

『夏』の翻訳──難しさと面白さ

──その後『仮面の告白』の翻訳に取り掛かられるわけですね。ぜひそのお話を伺いたいのですが、その楽しみは取っておいて、少し話を戻しましょう。結局、ドミニクさんが日本へいらっしゃった時は真一郎には会わず、パリへ帰られて、再会なさるわけですね。

パルメ　いや、再会といいましても、中村さんご自身と再会するということではなくて、中村さんの作品に出会ったということなのです。初めて中村さんに会ってから、十五年ぐらいたってしまったと思いますけれども、一九八七年か八八年、ユネスコの出版部から注文があって、中村真一郎の『夏』を翻訳してみないかと。その時、どうして私のところにその提案が来たのか全く分からなくて……ひょっとしたら、二宮先生の紹介だったかもしれません。

――ドミニクさんは、吉本ばなな、宇野千代などの翻訳でよく知られていますが、その頃もう翻訳家として活躍されていたのですね。

パルメ　いや、まったく無名でした。あの時に私が訳していたのは、岡本かの子の「鮨」という短編ぐらいです。ですから、ユネスコの出版部から連絡があって、『夏』の翻訳をする前に、少しテストをしましょう」と。つまり、『夏』の数ページをフランス語に訳してみてください。あなたのフランス語が良かったら、今度は契約を結びましょう」ということだったのです。

――実際に訳し始めてみて、いかがでしたか？

パルメ　原文を見てびっくりしました。「羽田にて」という最初のチャプターなのですが、非常に説明的な文体です。「私は寝間着の胸のゆるくなったボタンをはめながら、電気スタンドの薔薇色の傘のしたで、光りの輪のなかに淡く色づいて浮び上がっている数枚のメモ用紙に、習慣的に目をやった」。これを読んだときに、日本人の書くような文体ではないと思ったのです。もし、フランス人の作家が完璧に日本語をマスターできれば、このように書くでしょう。日本語で書かれていますが、フランス語の文体のような形になっています。

――主節があって従属節があって、動詞に対して主語や目的語や副詞句などがある。そういう文法構造なので文が長くなる。日本語で名作とされる作品の文章は、もっと短いですよね。もっともそれだけに、真一郎の文章はフランス語に馴染みやすいでしょうか。

Tout en enfilant une veste de pyjama aux boutonnières trop lâches, je jetai un regard machinal sur les quelques feuillets de bloc-notes qui se détachaient, légèrement colorés, dans le rond de lumière, sous l'abat-jour rose de la lampe de chevet.

パルメ　これは冒頭の一文の私の訳です。それから、第二章にA嬢という人物が現れてくるわけです。「どのような部分でもいいから、自由に選んでください」という提案でしたので、私は第二章にあるA嬢との初めての出会いの部分を選びました。

――翻訳のテストのことですね。

パルメ　そうです。A嬢という人物はネルヴァルの『オーレリア』という作品の女主人公、また『シルヴィ』に出てくるオーレリーにちなむ、ネルヴァル的な人物であることは、すぐわかりました。その部分を訳すると、「ＯＫです」というユネスコからの返事がありました。そこで契約を結んで、翻訳に取り掛かったわけです。

——この作品は四部作ですが、『春』を飛ばして『夏』だけ訳すというのは、難しくなかったですか？

パルメ　翻訳に取り掛かった時に、やはり『春』も読んだほうがいいのではないかと思いました。しかし、表面的な読み方だったかもしれませんけれども、面白くない、不器用な作品だと思いました。いっぽう、『夏』という作品の構造は複雑で、心理の分析もたくさんあり、文章も非常に長い。そんな作品の翻訳を、あの時まで一度もしたことはなかったのです。が、中村さんは、プルーストの『失われた時を求めて』の愛読者でしたし、ある程度まで、自分の日本語で、自分の『失われた時を求めて』を書こうという、その意気込みがすぐ感じ取れました。ですから、私は十七歳の時にプルーストの作品を読んだことがありますけれども、もう一度全部、最初から最後まで『失われた時を求めて』を読みなおしました。自分にとって非常に大事だったのは、プルーストの文体を身に付ければ、たぶん中村さんの文体をフランス語にうまく移すことが出来るのではないかということだったのです。それは難しかったのですが、翻訳は難しければ難しいほど、歯ぎしりをしながら、だんだん面白くなる。でも、ずいぶん苦労したのです。

——翻訳期間中に、真一郎とのやりとりはなかったのですか？

パルメ　私のアパートは、本や書類でいっぱいになっていますので、どこに置いてあるのか分かりませんけれども、おそらく何回か、中村さんとファックスや手紙でのやりとりがありました。

——『夏』は、やはり脈絡をたどりにくいというか、人物関係がはっきりしない、あるいは時制がはっきりしない。そういうところがあって、決して読みやすい日本語ではないと思います。

パルメ　そうですね、登場人物も多いです。中村さんの作品には『雲のゆき来』というものがありますけれども、『夏』の中でも、いつも行き来、つまり、過去と現在との間の行き来があって、それはプルーストの影響、いや、というよりも、プルーストからのインスピレーションだったかと思いますが、非常に複雑です。話者、ナレーターである中村さんの観点は、過去そのものの思い出であるか、それとも過去のことをもう一度生きるというか、体験することであるか。つまり、過去と現在の行き来はどういうふうにつかめばよいかがよく分からなかったです。また、何と言うか、一種の映画的な見方なのです。つまり、映画の技術でよく使っているズームですとか、過去の記憶は映像で表現するとか。でも、日本語の原文で人工的な文体のように感じられるものでも、フランス語になると、明確に、読みやすく、もっと綺麗になるような気がします。それは私のせいではなく、一種の現象としてそうなります。これは、この作品の場合だけではなくて、三島の『仮面の告白』の翻訳においても同じ印象でした。

『仮面の告白』――翻訳の fidélité

――ドミニクさんは二〇一九年に『仮面の告白』のフランス語訳を出されました。これは日本語から直接訳された新訳です。それ以前のフランス語訳としては、メレディス・ウェザビーの英訳からの重訳がガリマールから一九七一年に出ていますが、やはり原文からの訳のほうが格段に良いですね。

パルメ　『川端－三島往復書簡集』の次に、私は『仮面の告白』を原文で読みなおしました。そして心の底から魅了されたのです。うまく説明出来ませんが、『仮面の告白』は《la traduction de ma vie》、つまり、この作品を翻訳することは私にとって宿命的なことのように思われました。私はガリマールに、日本語から直接訳した新しい『仮面の告白』を出したいと言いましたが、なかなか動いてくれませんでした。結局、最初に翻訳の話をしてから、実際に企画が通るまで十年以上かかったのです。

――そのご苦労はセシル坂井さんから聞いています。既に翻訳があるので、新しい訳は出せないという版元の主張を、ドミニクさんの熱意が覆した。

パルメ　自惚れのようですが、私が若き三島の声と苦しみを正確なフランス語に訳すことを、『仮面の告白』は待っていた。運命を信じているわけではありませんが、年とともに、これは前世から決まっていたことのように私には思えてきたのです。いかにも、『豊饒の海』のようです。『仮面の告白』の誕生は一九四九年の七月、私は十二月。私たちは同じ年に生まれたのですよ。

――私がドミニクさんの訳で素晴らしいと思うのは、原文からの訳といっても一語一語、文字通り正確に訳しているわけではない。そこに言葉を補ったり、工夫があることです。それは原文を歪めることではなく、むしろ、元々原文にあった意味を、より深く、より生き生きと表現することだと思うのです。たとえば、『仮面の告白』の冒頭の文章を、原文、英訳、古いフランス語訳、ドミニクさんの新しい訳で比べてみます。

> 永いあひだ、私は自分が生れたときの光景を見たことがあると言ひ張つてゐた。

> For many years I claimed I could remember things seen at the

time of my own birth.

（メレディス・ウェザビー訳、一九五八）

Pendant de nombreuses années, j'ai soutenu que je pouvais me rappeler des choses vues à l'époque de ma naissance.

（ルネ・ヴィロトー訳、一九七一）

Longtemps, j'ai soutenu que j'avais tout vu de la scène de ma naissance.

（ドミニク・パルメ訳、二〇一九）

古いフランス語訳はウェザビーの英訳そのままですね。一方、ドミニクさんの訳で特徴的なのは《j'avais tout vu》という風に節の動詞を《voir》にして《tout》を補い、「すべてを見た」と訳されていることです。ウェザビーの訳だと節の動詞は《remember》ですね。

パルメ　私は翻訳の仕事を始めるずっと前に、ソルボンヌ大学で比較文学などを勉強しました。あの時代、つまり一九七〇年代の大学での勉強は非常に深かったのです。生徒たちは、ある作品の文章や文体をどのように正確に分析すればいいか、単語や言葉に潜んでいる作家の本当の目的はどこにあるか、語彙に注意して深く考えなさいと叩き込まれました。私は『仮面の告白』の日本語の原文を読んだときにも、そういう方法を採りました。特に動詞、三島のあらゆる作品の中で、どのような動詞が使われているかを見ますと、目に関係のあるものが多いのですね。「見える」「覗き込む」「見る」「直視する」「眺める」「観察する」、などなど……。つまり、三島由紀夫の場合では、いかに目、視覚というものが大事であるかということが、動詞の扱い方ですぐに分かるでしょう。

翻訳のプロセスにおける一つの問題は、ある文章を逐語的に訳していったとしても、その文章の中にある作家の意図や作家の感受性を表現できるかどうか、ということです。翻訳家としては、どこまで原文から離れて、しかし《fidélité》、要するに原文に対する忠実さを守ることができるか。それが一番大きな問題だと思います。

――離れるけれども、しかし一番大切なところに近づくということですよね。文字どおりに日本語を読むと《tout》に相当する言葉はない。しかしやはり《tout》はなければいけない。《tout vu de》の《de》というのも深いですよね。これは、単に光景「の」すべてを見るというだけの理解ではなく、その光景「から」始まる人生のすべて、とも取れますか？

パルメ　いや、そこまでは言えないでしょう。もしそう表現したいなら、《j'avais tout vu de ma vie à partir de la scène de ma naissance》になるでしょうか。幸運なことに、私はINALCOで本当に優れた先生方から日本語や日本文学を学びました。

特にオリガス先生は、私にとっては、少なくとも日本近代現代文学の知識や翻訳のプロセスの分野で、単なる〝先生〟というだけではなく、《mon seul maître》、生涯で唯一、師匠という名に値する方だったと、今も感謝の気持ちを抱きながらそう思っているのです。なぜかと言いますと、ご存じかと思いますけれども、彼は夏目漱石の専門家で、漱石の作品をたくさん訳したはずですが、それを一つも世に出さなかったのです。完璧ではない限りそれを出版すべきではない、という態度でした。その時代には、《traductologie（翻訳学）》という言葉さえまだなかったのですが、彼は私たちに、正確な翻訳をするにはどうしたらよいのかと、具体的な例に基づいていろいろと説明してくださいました。一つは、散文の場合でも、できるだけ日本語の文章の順序に沿って訳すということ。そして、文章の中の根本的なリズムまで訳さないと駄目です、とも言っていました。その意味では、《tout vu de la scène de ma naissance》というように《tout》を入れた一つの理由は、いつも何かを見て観察する作家として、というより人間としての三島の特徴を強調するためですが、それだけではなくて、やはり《tout》を入れれば、文章のリズムが良くなるという理由もありました。

——プルーストの『失われた時を求めて』の冒頭の一文、《Longtemps, je me suis couché de bonne heure.》と似た感じのリズム感も出ると思うのです。

パルメ　三島が『仮面の告白』を書いた時は二十四歳で、非常に若かったので、それを意識していたかどうかはよく分かりませんが。

——「永いあひだ」という始まり方は、やはりプルーストの《Longtemps》を念頭に置いているようです。真一郎とはまた違った意味で、三島はプルーストを意識していました。ウェザビー訳では、それはわかりませんね。

パルメ　もう一点、私の目から見ると、三島はこの文章を書くことで、やっと作家として誕生するのです。だからこそ、《ma naissance》なのです。日本語でうまく説明出来ないのですが。

——いや、わかります。本当に仰るとおりですね。

パルメ　私は二十一世紀に入ろうとしている時に、もう一度『仮面の告白』を日本語で読んで、その時に悟ったというか、「悟った」と言いますと少し大げさですが、この本を訳すことができれば、本当に翻訳家としての私の一生の夢が実現できると思ったのです。

真一郎と三島

パルメ　もし、中村さんと三島の比較をやろうと思ったら、

『四季』と『豊饒の海』を比較したらよいのではないかと思います。二人の作家の共通点はどこにあるのでしょうか。中村さんの場合、若い時から、加藤周一や福永武彦たちといろいろ考えて、最終的には、どういうふうにして、いわゆる《roman total（全体小説）》を書けばよいのかということを追究しました。中村さんは、本当に一生にわたり、この問題と方法論を非常に鋭く考えたのではないかという気がします。『豊饒の海』の場合では、時間のパースペクティブは中村さんの『四季』とは少し違うのですが、六十年にわたって日本社会の変化というものを問う。それが一つのテーマになっています。

――『豊饒の海』は社会小説、歴史小説でもあります。

パルメ　もう一つの共通点は、真一郎の場合は若い時からネルヴァルが好きで、その翻訳をするでしょう。同じように、三島はラディゲが好きでした。私は、今まであまりこの二人の作家の評論を読んだことはないのですが、直感としては、フランス文学の作品やフランス人の作家に対しての彼らの目はものすごく鋭いです。どうしてそれほど鋭いかというと、二人とも対象と充分な距離を保って作品を評価する。しかし同時に、評価する作家の身になり得る。その親しみの深さと対象との距離との間の正確なバランスがあると思うのです。さらに、井上さんの新しい評伝『暴流の人　三島由紀夫』のおかげで、二人の作家のもう一つの共通点について考えさせられました。それは、二人とも文学の世界に詩の制作から入ったということです。しかし、三島の場合、「詩を書く少年」などで、自分の書いた詩を厳しく批判しますね。中村さんは、福永武彦などと一緒にマチネ・ポエティクというグループを作りました。そのグループの一つの目的は、日本語の中に、いわゆる押韻定型詩、例えばフランスのソネットの形を輸入しようということでした。

――しかし難しいですね。

パルメ　多分失敗に終わったのではないかと思います。それは無理なことではないでしょうか。こういうところにも、二人の共通点があると思いました。私は専門家でもないし、大学での研究者でもありませんが、翻訳家としての体験に基づいてそのように思います。

――ドミニクさんのお立場からのそのようなご意見は、とても説得力があると思います。真一郎は『夏』の翻訳について、どういうふうにおっしゃっていましたか。

パルメ　『夏』の仏訳が出版されたのは一九九三年九月だったのですが、ちょうど中村さんはパリにいらっしゃった。なぜかと言いますと、その時にコレージュ・ド・フランスで講演をなさるという企画があったからです。私は例の小佐井さんから、「自分の作品がフランス語に翻訳されているということは、中村さんにとって、それ以上の喜びはありません」と聞かされていました。その時に佐岐さんもご一緒にパリにいらっしゃっていて、翻訳のお礼として、私にご馳走してくれたのです。中村さんは、私の訳したフランス語の本を持ってきてくださいました。しかし、褒め言葉は一切言わずに、ただ本を開いて、フランス人の読者のために私が付けた京都や日本の伝統文化についての注解を指して、「この説明だけで、私の言おうとしていることを読者が充分に分かるかどうか、言ってください」と。厳しい言い方ではなかったですが、私にとってショックでした。

作品を全部訳すのに二年間かかったのです。中村さんはフランス語やフランス文学を愛していましたから、私の翻訳に充分満足していたはずです。それなのに、何の褒め言葉も言わずに、ただ批判というか、指摘をしただけで……。

――恥ずかしかったのではないですか（笑）

パルメ　後で小佐井さんにその話をしましたら、彼はゲラゲラ笑って、「あの世代の人だから、ましてや日本人の男性だから、直接あなたに『これは優れた翻訳です』とはなかなか言えない。だから、間接的に批判の形であなたの仕事を褒めたというふうに解釈してみてください」と。

――ドミニクさんのお気持ちはお察ししますが、やはり照れていたのですよ。その講演も、ものすごく緊張していたそうですね。

パルメ　テーマは平安朝の優れた物語である『うつほ物語』で、私は通訳として中村さんのお話を訳したわけです。その講演が始まる三十分くらい前に、中村さんを招待したベルナール・フランク先生のオフィスで、中村さんと佐岐さんと私とで打ち合わせがありました。私は、その時の中村さんの態度をはっきりと覚えていますが、彼はものすごく緊張して、佐岐さんに、「僕の調子は駄目だ、駄目だ。ちょっと見て、熱があるのです。私は、講演をするのは全くできません」と、ほとんどパニック状態になっていました。でも、佐岐さんは、そんな反応によく慣れていたのではないかと思いますけれども、非常に優しく、「いいですか、あなたは病気ではないのです。ただ、これからの講演会のせいですから、講演会が終わりましたら、あなたはまた元気になりますので、安心してください」と言いました。よく覚えていますよ。面白かったです（笑）。でも実際の講演は、たいへん立派なものでした。

今、考えてみますと、中村さんは非常に複雑な人間だったと思います。もちろん三島も非常に複雑な心理を持っていた人なのですが、彼は自分の感受性をコントロールして、身体的にも精神的にも、ものすごく強い人間としてのイメージを表に出して伝えようといつも努力していたわけです。中村さんのほうは、自分の弱い点を充分意識して、それを隠すのではなく、自分の作品にその要素を利用した。それは、私にとっては、何と言いますか、非常に感心すべきことだと思います。

――なんと言っても『四季』の四部作を書き上げたわけですから、弱さの中に、やはり強さがあったのだと思います。ドミニクさんは、『秋』や『冬』も含めて全体を翻訳なさるというお考えはありますか？

パルメ　率直に言いますと、全くないのです。と言いますのは、『夏』の翻訳はフランス語でほとんど七百ページになるわけです。私は、あの時はまだ若かったから、そういうマラソンをするエネルギーがあったのです。今では、いわゆるスプリントのほうが、つまり短い作品のほうが自分に向いているような気がします。

ただ、私はガリマールに強く言っているのですが、やはり『豊饒の海』の四部作を日本語から直接訳すべきだと思います。その企画をいつか実践できればいいですね。もちろんそれは一人の訳者ではなくて、数人の翻訳家でやらないと、きりがないと思います。

――「死んでしまうかもしれない」と仰ってましたね。しかし、ドミニクさんの翻訳についてのお考え、そして実際に訳された文章が非常に素晴らしいので、ぜひ真一郎についても三島についてもお仕事を続けて欲しい。ドミニクさんの訳をもっと拝見したい、皆がそう思っています。

パルメ　有難うございます。それから、ガリマールでコレクションを担当している人、非常に頑固な人なんですが、その人に私は、「ジョン・ネイスンの三島評伝をもう一度出版するのなら、そこで引用されている三島の作品は、あらためて全部、直接日本語から訳すべきです」と言いました。ところが、「いや、駄目です」と断られたのです。しかし、なんとか説得することができたので、ちょうど例のコロック（二〇一九年十一月にパリで開催された国際三島由紀夫シンポジウム）が終わってから二カ月で引用を全部フランス語に訳しまして、ちょっと大変でしたが、去年の十一月の末頃に刊行されたんです。

――あのときネイスン氏もとても元気でいらっしゃいましたが、その後コロナが流行して、もう皆さん動けなくなってしまいました。

パルメ　コロックの時にお会いできて、とてもよかったと思います。

真一郎の死と再生

パルメ　結局、ネルヴァルという詩人がいなければ、私は若い時に中村さんの作品に興味を持てなかったと思います。そういうご縁といいますか、私は最近、前世、つまり何回か生まれ変わっていくというような思想にすごく興味を持っていまして、時々、前世で中村さんにお会いしたことがあるのではないかと思うことがあります。これも非常にネルヴァルらしい見方かもしれませんが。

ただ、実際にお会いしたころは、私は四十歳ぐらいだったかと思いますが、自分の翻訳家としての経験は非常に浅かったですし、中村真一郎のような優れた作家は、私からは非常に遠い存在だと感じていました。その後、私は大岡信の作品を四冊ほど訳しました。大岡さんと奥さんはよくパリにいらっしゃったので、私は、「大岡さんが使っている単語のニュアンスが充分に分かりませんから、教えてください」などと尋ねることができて、大岡さんとは、非常に親しくさせていただきました。中村さんとは、そういう関係にはなりませんでした。

——講演の通訳の後は、もうお会いになることはなかったのでしょうか?

パルメ　なかったと思います。

——パリでの真一郎は、緊張していたという以外には、体の具合が特に悪いとか、そういう感じはなかったですか?

パルメ　十八世紀のフランス人哲学者にヴォルテールがいます。ヴォルテールはいつも病気で、長生きはしないと思いながら、結局は八十歳以上まで生きることが出来たわけです。私は、中村さんの態度や反応を見た時に、彼はヴォルテールのような人で、いつもノイローゼやいろいろな体の病気にかかっているかもしれませんが、長生きはする人だと思い込んでいました。やはり、弱さの裏に非常に強い人間がいるのではないかと。

——しかし、その後、真一郎は四年ぐらいで亡くなるんですよね。

パルメ　意外でした。ウィキペディアを見ると、中村さんは十二月二十五日、つまりクリスマスの時に、加藤周一らと食事をした時に、呼吸をすることができなくなって、亡くなったと書いてありますね。しかし、私はご自宅で薬を飲んだ時にその薬が喉の奥に貼りついてしまい、それで佐岐さんが救急車を呼ぼうと思ううちに、中村さんは急に亡くなられたと聞いていました。

——少し調べてみましたが、真一郎は十二月二十五日の昼に熱海で加藤周一らと食事をした時は、お元気で歓談されていたそうですが、その晩にご自宅に戻られて薬を飲んだ際、薬の包装銀紙が喉の奥に貼りついて呼吸ができなくなり、それで亡くなられたということのようです。

パルメ　そうでしたか。中村さんは、朝から夜まで薬をたくさん飲んでいたそうなので、その薬のせいで亡くなられたというのは、非常に皮肉な宿命であったと思ったことがあります。

――現在のフランスでは、真一郎はどのように受け止められているのでしょうか？

パルメ　よく分からないのですが、『夏』はユネスコの出版部とフィリップ・ピキエ社の協力で出版されたわけです。こんなに長くて難しい本が売れるのだろうかと、私は疑問を抱いていたのですが、数年ぐらいたちまして、ピキエはポケット版でもう一度『夏』の仏訳を出しました。ずいぶん厚い本です。私の親友に、日本とは何の関係もない彫刻家がいるのですが、彼女も『夏』の仏訳を最初から最後まで読んでしまったそうです。

――むこうの世界で、真一郎は照れながら喜んでいますよ。

パルメ　そうですね。今日はおかげさまで私にとって大昔になってしまった時代を振り返ることが出来て、非常によかったです。

（二〇二一年三月一日）

中村真一郎手帖　第十五号（2020.4）

「ゆき来する人」　堀江敏幸
中村真一郎と富士川英郎　富士川義之
＊
西洋詩と江戸漢詩を繋ぐもの　富士川英郎×中村真一郎
＊
中村真一郎と柏木如亭　揖斐高
中村真一郎が見た三好達治（1）　国中治
＊
反私小説作家・中村真一郎　前島良雄
戦争と向き合った中村先生　三島利徳
＊
中村真一郎初期短編集Ⅱ　編・解題＝安西晋二
＊
中村真一郎の会　近況／短信／趣意書／会則

特集《中村真一郎と三島由紀夫》

円周上のふたり

真一郎と三島

井上隆史

1

真一郎と三島にまつわるエピソードとしてよく知られるのは、『春の雪』起筆の際に三島が真一郎に電話をかけ、ライフワークを一緒に書き始めようと誘ったという話である。まだ機が熟さない、いまは『頼山陽とその時代』の準備を進めているので無理だと真一郎が応じると、三島は最近亡くなったある作家の名を挙げ、僕は執筆の途中で死んでしまうのはやり切れないので今日から書き始めるよと言って、豪快笑いとともに電話を切ったという。そして実際に三島は『春の雪』の連載を始めたのだった。

このエピソードについて、私は次の二つのことに注意したいと思う。

一点目。話の様子からは、真一郎と三島は同世代か、むしろ三島の方が年長であるかのようにも見えるが、実際には真一郎は三島より七歳年長である。この年齢差は何を意味するのであろうか。

もう一点。真一郎の回想によると、最近死んだある作家として三島が名を挙げたのは高見順であった。だが、高見が亡くなったのは一九六五年八月十七日、一方『春の雪』の起筆は同年の一九六五年六月ということが分かっている。すると、三島が真一郎に今日から書き始めるよと言った時点では、高見はまだ存命だったのだ。このことは前島良雄が指摘しているが、(1)右のエピソードには幾つか不可解なところがある。このことについても、ある応答を試みてみたい。

　さて、今も述べたように、真一郎は三島より七歳年長であったが、小説家として世に出るのは、『文芸文化』グループの若き天才として戦時中に『花ざかりの森』を刊行した三島の方が早かった。ところが、これが災いして、三島は敗戦によって状況が一変した文壇内の居場所を探しあぐねることになる。反対に真一郎は、一九四七年十一月刊の『死の影の下に』（第一部。真善美社）によって、まさに「戦後文学の旗手」(2)として華やかにデビューした。それを象徴するのは、戦後文学の展開の主要な担い手となった河出書房の雑誌『文藝』（一九四八年三月）における巻頭グラビアだ。「戦後の表情」と題するその特集の劈頭一面を飾るのは、パイプを咥えて瀟洒に構える真一郎で、このとき彼はちょうど三十歳になるところ。実は、三島もまたこのグラビアに登場するのだが、それは最終ページの右肩に、平田次三郎、佐沼兵助（寺田透）とともに小さく掲載されたに過ぎない（「写真の中に定着されてしまった僕を羨ましく思ふ」という言葉が添えられている）。この時点において真一郎は、三島より何歩も先を歩んでいると見なされていたのである。

　しかし、世評が逆転するのに多くの時間はかからなかった。その決定打となったのは三島が作家生命を賭けて挑んだ『仮面の告白』（河出書房、一九四九年七月）の成功だが、真一郎の側には、これに先立ち深刻な打撃があった。それは、マチネ・ポエティクの名のもとに（その命名は福永武彦）真一郎が主導した日本語における押韻定型詩創出の運動が、三好達治によって全否定されてしまったことである。グラビア「戦後の表情」が公表された翌月、『世界文学』（一九四八年四月）に「マチネ・ポエテイクの試作《ママ》に就て」を寄せた三好は、真一郎の詩作品（「炎」の作品群の第一詩にあたる）を取りあげながら、こう指摘した。単語ごとに均等に一子音一母音が組み合わされる日本語においては子音の重積集約によって語が息づまるような障碍作用もなければ、母音の重畳累加が語の発声をその部分で支配的に力づけることもない、加えて、日本語の構造上、文末は動詞となり、実際にはごく限られた動詞が圧倒的な頻度をもって顔を出すので、真一郎の企図したような押韻の効果は必ず裏切られ、出来上った作品は、甚だ貧弱な、つまらないものにならざるをえないというのである。

　この批判は日本近代詩の急所を突くもので、そのギリギリの境界線上で詩境を開いてきた三好の言だけに、真一郎にとっては致命的だった。結局、彼は同年七月刊の『マチネ・ポエティク詩集』（真善美社）に「炎」の第一詩を収録することを断念し、まもなく押韻定型詩の主張自体を撤回するに至る。その後、真一郎の私生活を襲った度重なる困難は周知のことなのでここでは記さないが、ちょうど三島からの電話を受けた時には、頼山陽研究を通じて、自身の精神安定を図ろうとしていた時期であったことは、確認しておきたい。

こうした経緯を踏まえて冒頭のエピソードを振り返るなら、真一郎、三島おのおのの胸の奥に去来したであろう思いが、よく見えてくる。真一郎にしてみれば、戦後文学者として、颯爽たるスタートダッシュを切ったはずなのに、たちまち三島に抜き去られ、後から追いかけようとしても追いつけない。口惜しいが、まずは『頼山陽とその時代』を完成させ、それから自身のライフワークとなるべき『四季』にとりかかるしかあるまい……。

一方の三島はどうだろうか。戦後、『仮面の告白』を世に問う前の三島は、作家としての存在危機に瀕していたので、真一郎の活躍が眩しかったはずだ。しかし本音を言うなら、三島の眼から見て、『死の影の下に』は主題となるべき「死」の観念があまりにも稀薄だった。主人公の親しい友人だった利兵衛の死も、育ての親である伯母の死も、そして実父の死も、いずれも心理的リアリティを欠き、とうてい納得できるものではない。けれども、当時の三島にはこの思いを口に出すのは難しかった。これは、以前本誌にも書いたことだが、右の批判は真一郎宛書簡に記されたものの、実は三島はこれを投函せずに手元に残したと推測されるのである。[3]

ただ、面白いのは、真一郎と立場が完全に逆転したように見えた後（真一郎には気の毒だが）になっても、三島はこの先輩作家に対して、どこか屈折したこだわりを抱き続けたように思われることである。かつて、三島手沢の真一郎からの寄贈本（『恋の泉』、一九六二年三月）を閲覧する機会を得たが、その内容を厳しく批判する書き込みが随所にあった。福永武彦、花田清輝とともに三島が参加した『群像』（一九六二年六月）創作合評のために熟読したものであろうが、手書きの批判はいずれも生々しく、わざわざこのように書き込んでいるということは、逆にそれだけ意識せざるをえなかったのだなと驚いたことがある。

とうに抜かしたはずの真一郎の背中が、ふと見たら目の前にある。三島には、そういう瞬間があったのかもしれない。電話のエピソードの背景には、こうした事情が潜んでいるのだ。

やはり七歳の年齢差には相応の意味があったのではないか。ならば、この七年の年月は具体的に何を意味し、そしてどのようにして三島の精神を呪縛（あえて「呪縛」と言う）するに至ったのであろうか。

2

七年間の差異について考えるために、ふたりの文学的生涯の始発期を比べてみよう。三島がはじめて雑誌『文芸文化』に「花ざかりの森」を発表したのは一九四一年九月である。それは三島が在籍していた学習院の師・清水文雄の紹介によるものであった。一方、同年三月に東京帝大の仏文科を卒業した真一郎は、ジェラール・ド・ネルヴァル『火の娘』の訳を八月に青木書店から刊行し、同時に堀辰雄に師事するようになる。

堀辰雄は、その文学的到達点と言われる『菜穂子』を刊行し、高い評価を得たところだった。当時、世界文学的な視点から新しい小説の可能性を切り開こうとする最先端の位置にあったと言える堀からは[4]、プルーストへの関心といい王朝文学の翻案といい、実のところ三島もまた強い影響を受けている。だが、三島は直接的には『文芸文化』の影響下で創作活動を続けたのだった。これに対して真一郎は、堀に小説の草稿を見てもらうようになり、やがてそれは『死の影の下に』へと発展する。そうだとすれば、真一郎と三島との七年の年齢差は、まず何よりも小説家としての出発点において、堀辰雄に親しく接したか否かの相違として具現化したと言えるであろう。

そしてこのことは、戦後、野間宏が綜合小説の旗印を掲げて『青年の環』を書き始めたとき以降、大きな意味を持つようになった。というのも、長篇小説という器によって新たな時代、人間、社会を全体的に捉えようとすること（すなわち「全体小説」）は、野間に限らず戦後作家たちが共有した野心であり、三島もまた例外ではないのだが、二十世紀文学ないし世界文学という大きな観点から見た時、そうした試みにいかなる史的必然性があるのか、そしてその創作方法論はいかにあるべきかという点について、真一郎以上に豊かな知見を持つ者は他にいなかったからである。それは堀辰雄の知見を引き継ぐものであった。野間の『青年の環』が中断し、埴谷雄高（『死霊』）も武田泰淳（『風媒花』）も大岡昇平（『酸素』）も、本格的な長篇小説の試みはいずれも中断、中絶を余儀なくされたなか、ひとり真一郎のみが『死の影の下に』五部作を完成することが出来た（一九五二年）理由の一つはここにある[5]。『死の影の下に』はいわば、本格的な長篇小説としては『菜穂子』一篇しか残せなかった堀辰雄の遺志を受け継ぎ、発展させたものなのだ。

しかし、物事はうまくゆかないものである。真一郎にとって不幸だったのは、五部作は完成こそしたものの、その内実が必ずしも満足のゆくものではなかったことであろう。いや、戦争─敗戦─占領─安保体制という状況下で時代、人間、社会を全体的に捉えるなどということは、誰であろうと容易にできるはずもなく、むしろ中断する方があたりまえかもしれない。

もし、こういう観点に立って考察を進めるなら、次のような疑念が生れるであろう。『死の影の下に』五部作を書ききることができたのは、作品世界を敗戦までのある時空間に区切ったためではあるまいか。戦場や占領期の日本の現実を排除することによって全体性を担保するという一種の詭計がここに働いていないだろうか。これは先述の三島の批判とも、マチネ・ポエティクに対する三好達治の批判とも通じる、真一郎にとって作家としての存立の根幹に関わる深刻な問いである。

その後、真一郎は私生活を襲う困難に抗いながら創作活動を続けるが、一九六二年に野間宏が『青年の環』を再開し、一九六五年に三島由紀夫が『豊饒の海』を書き始めた時、つまり、いったんは長篇創作を諦めた戦後作家たちが、その試みを再開したとき、その流れに加わることができなかった。ようやく『春』が書き下ろし刊行されたのが一九七五年（二月、新潮社）、これを含む四部作『四季』の全篇が刊行されたのは一九八四年なのである。

こう書くと、「戦後文学の旗手」としての真一郎などあだ花に過ぎない、結局のところ真一郎は他の戦後作家たちの後塵を拝することになったのだ、と主張しているようにみえるかもしれない。

だが、それは違う。真一郎文学に大きな弱点があったことは否めないものの、弱点を持たぬ文学者などこの世にあるわけがなく、逆に、私の考えによればそんな真一郎こそが、野間や三島がそれぞれの「全体小説」を書き上げることを可能にした主要な要因の一つなのである。なぜなら、一九六〇年代に入って戦後作家たちが長篇創作の試みを再起動する機運を作り育て、その理論的背景を用意したのは、他でもない真一郎だったからだ。そしてそこには堀辰雄に学んだ文学的姿勢が確かに反映しているのである。

3

文学史的に概括するなら、六〇年代におけるそのような機運は、安保闘争（の敗北）を経て高度経済成長が進展してゆくなかで、大衆文学の流行に対抗するかたちで戦後文学を批判的に検証、再構築しようとする動きのなかから芽生えたものである。だが、何事もそれを意味づけるヴィジョンや地平がなければ、具体化しない。「全体小説」の試みに関してその役割を果たしたのは、雑誌『文学界』に「文学の擁護」

というタイトルで連載され（一九六一年九月〜六二年十月）、連載終了後、河出書房新社から『文学の擁護』と題して刊行（一九六二年十一月）された真一郎の評論であった。

その連載第七回（一九六二年三月）で、真一郎は次のように述べている。ここに言われる「形而上的感覚」については、左の引用に先立つ箇所で、「魂の乾燥」から「人間を救う」、「微妙な内面性、音楽性、象徴性、神秘性、への感受性」と定義されている。

私が考えている「全体小説」というものの姿も、実はこの「形而上的感覚」の問題と関係があるので、私によれば、「全体小説」というものは、単に小説が平面的に拡がりを持つ、つまり題材が広くなる、ということ――「社会小説」ということではなく、つまり、現実を自然主義的なリアリズムで平らに切って、大きな地図のようなものを描き出すということではなく、従って、作家が社会のできるだけ多くの部分の図を集めて組み合わせる、という方向でなく、人間精神の様々の相、様々の層を同時に捉える、ということであって、それは現実の透徹した映像だけでなく、夢や幻想や美的体験や、時には病的な幻視や、宗教的な恍惚感〔初出では「恍惚境」――引用者注〕までも含めた、「人間の心の全体」を描く小説

という意味なのである。

ここで「形而上的感覚」を強調しているのは、堀辰雄より早くネルヴァルから強い影響を受けた真一郎の世界観の現れであろう。だが、この評論で真に瞠目すべきなのは、この点ではない。ちょうど連載終了間際にあたる一九六二年七月に亡くなったウィリアム・フォークナーを追悼する文章（連載第十三回）で、真一郎はフォークナーの第一の重要性として「冷たい観察家であるよりは、熱い幻視家である」こと、「ヴィジオネールである」ことを挙げている。これは、右の引用における「形而上学的感覚」と通底する視点であるが、私がそれ以上に注目したいのは、第二の重要性として挙げられた、「彼がその殆ど凡ての作品を、『ヨクナパトーファ・サガ』という総題の下に集めた」という点である。こう書くと、それはあたりまえのことではないかと思われるだろうが、次の引用を見て欲しい。真一郎はこの方法を、単にフォークナー一人のものとしてではなく、世界文学を貫く方法として、従って自身を含め戦後日本を生きるすべての文学者の課題でもあるものとして捉えていることがよくわかる。作家の死の直後において、その文学の本質をこのような大きな射程のなかで見抜いた慧眼には、驚きを禁じ得ない。

彼はその長短篇によって、この架空の土地の主なる家族を尽く描こうとした。だから、人物たちは必然的に血の繋りや、戦業の関係や、住んでいる場所の近さやから、あちらの小説にもこちらの小説にも登場することになる。つまり、バルザックの発明した「人物再現法」のやり方の採用である。例をあげれば『空しい騒音』の独白者として自殺するクェンチンは『アブサロム』の聴き役であったクェンチンは『空しい騒音』の独白者として自殺する。そうして、彼の祖父の将軍は『熊』のなかで狩をしている。『聖所』のなかで暴行を受ける女子学生テンプル・ドレークは、『尼僧への鎮魂歌』のなかでは、二人の子供を持った人妻となって登場する、等々である。フォークナーの殆ど凡ての作品のなかでは、人物の家系の糸が、縦横に走っている。何しろ、彼はこのヨクナパトーファ郡の歴史について、一世紀半もの長い間を語ったのである。

従って、彼のこの『サガ』全体のための、年譜を作ることもできるし、人物表（あるい家系表）を作ることもできる。（丁度、『源氏物語』のどのテキストにも、「年立」と「系図」が付いているように。また、『人間喜劇』や『失われた時を求めて』のために、そうしたものができているように。実際、年譜と人物表を脇において、私はいつもフォークナーを読む。或る人物が登場して来たときに、その人物が別の小説のなかで何をしたか、又、どの家に属し、その家の先祖は誰であるか、などを知るために。）〔……〕だから『サガ』は地理的歴史的な意味でひとつの「全体小説」となっている。従ってフォークナーを読むには、『人間喜劇』を読むようにして、手あたり次弟に、出来るだけ沢山、よむがいい、ということになる。

ここで当然、出てくる問題は、それなら、私たち日本の作家が、東京というような「巨大な村」を、この方法で捉えることができるかと云うことである。フォークナーは「深南部」の田舎で、百五十年も同じ土地を中心として生活して来た数家族を描いた。しかし、東京では地理的にも歴史的にも連続性がないのではないか？

だから、ダブリンを描いたジョイスや、ロンドンを描いたディケンズや、パリを描いたバルザックやプルーストのような、「全体小説」的方法をも立ち会わせて、「東京」が全体的に小説のなかで捉えられるかを、もう一度、考えてみるのは興味深いだろう。

この真一郎の発想の仕方に、私は堀辰雄からの影響を見る。それは、堀辰雄もまたヨクナパトーファ・サガのような創作方法を模索していたという意味ではなく、私が言いたいのは、世界文学がいま何を目指しているかということを常に意識しながら、日本文学の可能性を切り開こうとする姿勢において、真一郎は堀辰雄から学んだものを、みずからの果たすべき使命として真摯に引き受けていた、ということである。

　この一連の真一郎の議論が起点になって一九六二年から六三年にかけて山本健吉、篠田一士、磯田光一、奥野健男らが「全体小説」をめぐって論争した。以前論じたように、多くの小説実作者は、真一郎が有しているような知識を持っていなかったのでこれに参加せず[6]、議論そのものは十分に深められることなく収束してしまうのだが、ここに示された地平が触媒の一つとなって野間の『青年の環』、三島の『豊饒の海』が書かれたことは紛れもない事実である。野間は東京を避けて一九三九年の大阪を中心に、三島は真一郎が「地理的にも歴史的にも連続性がないのではないか」という懸念を示した東京をあえて舞台の中心に据え、しかし両者とも射程大きく広げて、近代日本とは何かということそれ自体を問おうとする作品世界を展開したのである。

4

　これを真一郎の立場から見れば、理論的な地平を他に先駆けて用意したにもかかわらず、実践においては自分以外の作家に先を越されることとなり、どう見ても割に合わないように思えるが、では、最終的に真一郎自身は、どんな形で自身の「全体小説」を生み出そうとしたのであろうか。

　それこそが『四季』四部作の試みなのだが、一般にそのクライマックスとされるのは、第一に『夏』の終幕で主人公の「私」が過去の記憶と現在の夢幻とが交錯する時空のなかで「A嬢」と交わす至福の体験、第二に『冬』の終幕における「私にとっての肉のつながりの現実の父の、その原型、日本人の『人文主義』の父祖としての河原の左大臣」による霊的世界への誘いであろう。いずれも、先に引用言及した「形而上的感覚」の表現となっており、この場面が核となって真一郎にとっての「全体小説」が成立していると、ひとまずは言える。それは、かつて『死の影の下に』第一部のエンディングに描かれた父の死の回想場面、そしてその父が死の直前に「私」の生母の名を口にしたことを引き金の一つとして引き起こされる、早世したため何の記憶も残っていない「私」の生母が恩寵のように顕現する場面が、一段深い次元において蘇ったものと、解釈することも可能であろう。

　だが、ここで三島による『死の影の下に』評を思い起こしてもよいのだが、『死の影の下に』はもちろん、『夏』においても『冬』においても、どこかその「形而上的感覚」の映像が滲んで明確な焦点を結ばないのは何事であろうか。もし真一郎がその「全体小説」においてプルースト的な記憶の再現を目指しているのとすれば、結局のところ真一郎はそれに失敗していると言わざるをえないように思える。この点について、どう考えたら良いであろうか。

私の考えによれば、真一郎がみずからそう信じようとしたのとは反対に、『四季』の最大の存在意義は、むしろそれがプルースト的な世界観を裏切っていることである。プルーストにとっては蘇るべき記憶、生を回復させるはずの記憶が無意識の中にまどろんでいる。だから語り手は、どんなに回り道をしてもそこに帰ってゆけばよいし、事実帰ってゆけるのだ。しかし、真一郎その人に生母の記憶がないように、『四季』の作品世界には、真の意味での記憶は不在なのではないか。

『冬』における霊的体験の直前の部分に、夢遊状態における「私」の幽体離脱が描かれている。そこで「私」はギリシア神話におけるレテの川、その川の水を飲むと過去の記憶のすべてを忘却し来世に転生すると言われるレテの川を渡る。ところが、その足は水面から浮き上がり、「私」はまったく濡れることなく向こう岸に渡り、その川べりに止まっているところで、突如轟音と激しい光に包まれて失心する。

このエピソードは、一見すると「私」がレテ川の水を飲むことを免れ、そのために記憶を失わずに保ち続けることを示す挿話であるように見える。しかし、実は「私」はレテの川に入ることを拒まれているのではないか。というのも、はじめから記憶が不在である「私」には、そもそもレテ川に入る資格がないからである。幽体離脱の場面は、そういうことを示す挿話としても読めると思う。私の考えによれば、『死の影の下に』においても事情は同じで、根源的な部分に欠落を抱えた個々の「死」の観念は、心理的リアリティを欠くのである。

言い添えるなら、『死の影の下に』と『四季』の間に真一郎には電気ショック療法を受け、その後遺症で記憶の一部を失ったという事実があるが、これは真一郎においてそもそも記憶が欠落していることを後追いする事態だったのではないだろうか。そして、『冬』の終幕で幽体離脱の果てに「轟音と激しい光に包まれて失心する」のは、その電気ショックの再現とも読める。ちなみに言えば、本稿冒頭で触れたエピソードで、最近死んだある作家として三島が名を挙げたのは高見順だったというが、前島良雄によると、三島から電話があったのは、高見が「死んだ」時ではなく、「いつ死ぬかわからないという」時だったとも真一郎は書いたり話したりしていて、少なくとも前島にはそう言ったという。これは、真一郎にとって記憶は不在であるか、存在していたとしても、あてにならないほどあやふやものだったことを物語る一例である。[7]

それでは、これらの事実は真一郎の小説が「全体小説」としてはもちろん、そもそも文学として失敗している、ということを意味するのかと言えば、そうではない。プルーストの作品が二十世紀を代表する世界文学であることは間違いないが、しかしそこで提示されるヴィジョンはあくまでも十九世紀末から第二次世界大戦前のパリに対応していた。はっきり言うなら、アウシュヴィッツ、そして原爆投下を引き起こした私たちにとって、そのようなヴィジョンは、もはやそのままでは無効なのであり、たとえ記憶が無意識の中にまどろんでいたとしても、それはもうトラウマでしかない。しかし、真の意味での記憶を欠いている真一郎は、プルーストをなぞっているように見えて、その実、その世界観を裏切っている。ところがそれゆえにこそ、『四季』の作品世界は第二次世界大戦後の世界の現実に対応しているのである。

実のところ三島も『豊饒の海』において、まったく同じ問題に直面していた。初期構想において三島は、最終巻の結びにおいて老いた本多が真の転生者と出会い、第一巻以来の記憶の蘇りに包まれて幸福な死に導かれるという筋立てを検討していた。これはプルースト的なエンディングであり、事実その際にプルーストが意識されていたことが創作ノートから確かめられる。しかし、実際の発表作においてはすべての転生は虚構とされ、本多は「記憶もなければ何もないところ」へ辿り着いてしまう。だが、それこそが戦後日本の荒廃した状況の正確な模写なのであった。

こう見てくると、真一郎に七歳分の利があるだけに、三島は必死でこれを追いかけるのだが、追い抜いた先に再び真一郎の背が見えることがあるのは、ふたりが同じ円周を周回し続け、あるときは一方が先を、またあるときは他方が先を走っているように目に映る、ということなのかもしれない。

ここで注意しなければならないのは、ふたりは同じ円をただ堂々巡りのように回っていわたけではないということだ。彼らは周回しながら、円錐が底面円の上空に一つの頂点を結ぶように、同じ方向に目を向けていた。プルースト的なヴィジョンが成り立たなくなったこの世界に、どんな新たなヴィジョンをもたらすことができるのか。それができてこそ、本当の意味での「全体小説」なのである。私たち読者が『四季』と『豊饒の海』のそれぞれから汲み取らなければならない作品の存在意義もここに存する。

もちろん、それは容易なことではない。そのために三島は何をしたか、また読者は何をすべきかということについては別に書いたので、[8] いまは触れないが、真一郎に関して言うなら、私が注目したいのは、『夏』の最後のページを閉じ、その後すぐに『秋』を開くときに姿を見せる、ある場面である。

『秋』の冒頭には、死にかけた裸体の母に背後からしがみついて不安におののく幼児の幻影が描かれる。その幼児は幻影を見ている初老の主人公「私」その人であり、同時に呼吸困難に陥った若い母の苦しみを、その顔はわからないまま、「私」は自身の苦しみとして体験する。「私」、幼児、生母の三者が混濁し融合したこの幻影の奇怪さは読む者を驚かさずにはいないが、これはいわば、アウシュヴィッツ以降、原爆以降にこの世に生を受けた者が、アウシュヴィッツを体験し、原爆を体験しようとするのと同じ、時空の制約を逆流し越境する体験である。しかし、そこまでゆかないと新たなヴィジョンを生むことなどできはしないのではあるまいか。

私が『四季』四部作のなかで一番心を奪われるのはこの場面である。伝えられているように、真一郎が呼吸困難で亡くなったのだとすれば、彼はその生身の存在を賭して『秋』の冒頭の場面を生きたのだ。そう気づいたとき、私は慄然とした。

【註】

（1）前島良雄『中村真一郎　回想』（河合文化教育研究所、二〇一八年十月）。

（2）この表現は鈴木貞美『戦後文学の旗手――『死の影の下に』五部作をめぐって』（水声社、二〇一四年四月）の書名にちなむ。

（3）井上隆史「中村真一郎と三島由紀夫」（『中村真一郎手帖』6、二〇一一年四月）。

（4）もっともこの時期以降の堀は、林淑美の言い方の言い方に従えば「日本主義の文学化」に陥ってゆく（『昭和イデオロギー――思想としての文学』平凡社、二〇〇五年八月）。

（5）実は、同じ問題意識から書かれ、中断することなく完結した長篇小説がもう一つあった。三島由紀夫の『禁色』である。その成功の鍵は、作品の舞台としてゲイコミュニティを選んだことにあったが、同じ理由から、発表以来「全体小説」という文脈で論じられたことはない。

（6）井上隆史「昭和三十七年の全体小説論」（『中村真一郎手帖』9、二〇一四年四月）。なお、右の拙稿で触れたが、大江健三郎は「全体小説」という考え方を否定するという立場から「座談会、いいだもも・小田実・大江健三郎・高橋和巳・篠田一士「現代において文学は可能か」（『展望』、一九六四年十一月）に参加している。ただし、これについては、逆説的な形で大江が「全体小説」の問題を引き継いだ、と見ることもできるし、むしろ、そうすべきであろう。

（7）このエピソードに関しては三島の側にも気がかりな点がある。三島が高見の病状を心配して何度も見舞に行ったことは事実だが、その脳裡には、高見より半月ほど早く同年七月三十日に亡くなった谷崎潤一郎のこともあったのではないか。谷崎没後、すでに『春の雪』を書き始めていた三島が電話して、相手の真一郎には「今日書き始める」と言って一芝居打った可能性もある。

（8）井上隆史『暴流《ぼる》の人　三島由紀夫』（平凡社、二〇二〇年十月）。

特集《中村真一郎と三島由紀夫》

中村真一郎と三島由紀夫

エロスと能をめぐって

鈴木貞美

なぜ、比較するのか

中村真一郎（一九一八―九七）と三島由紀夫（一九二五―七〇）の作品史におけるエロスと能の意味を比較してみたい。中村と三島は、七歳ちがいだが、ともにいわゆる戦中派に属し、ともに戦場を知らなかった点においても、敗戦直後から文芸ジャーナリズムに活躍をはじめ、華やかなスター的な存在だったこと、恋愛小説を盛んに書き、小説のみならず、演劇・映画等諸ジャンルにも多彩な活動を行い、古典芸能を踏まえた作品も手掛けたことでも共通性をもつ。小説以外のジャンルでの多彩な活動も古典芸能に関心を向けたのも、戦後文壇の大きな特徴といえるが、とくに性愛（セクシュアル・ラヴ）のシーンを繰り広げる小説では、中村はいわゆる第一次戦後派を、三島は第二次戦後派を代表するといってよい。「第三の新人」でセクシュアル・ラヴのテーマと積極的に取り組んだのは吉行淳之介だが、彼は演劇や映画に積極的に取り組んだわけではない。

ちなみに三島由紀夫原作の映画化は『純白の夜』（大庭秀雄、松竹、一九五一）にはじまり、『愛の渇き』（蔵原惟繕、日活、六七）まで十八本（うち『潮騒』が二回）、『憂国』は制作・監督を担当した（東宝＋日本ＡＴＧ、六六）。中村真一郎原作の映画化は、推理小説「黒い終点」（岡本喜八監督、一九六一）、岡田茉莉子のプロデュースによる『熱愛者』（井上和夫、同年）の二本と少ない。が、『モスラ』（本多猪四郎、東宝、一九六一）の脚本を福永武彦・堀田善衛と担当、また演劇台本『愛を知った妖精』『百合若の勝利』などが上演され、また国際的に放送劇（ラジオ・ドラマ）の試行が盛んになった時期に、その脚本も数多く手掛けている。[1]その他、三島由紀夫『潮騒』の映画化（谷口千吉、一九五四）に際し、脚色に加わり、丸山誠治監督の『君死に給うことなかれ』（東宝、一九五四）の台詞も担当している。映画人にいわせると、中村真一郎の小説は、台詞廻しは当代風で気が利いているが、ストーリー展開が起伏に富まず、映画向きでないということになろうか。これだけでも、中村真一郎の作風の一端は掴めるだろう。なお、吉行淳之介原作の映画化は『砂の上の植物群』（中平康、日活、一九六四）など五本ある。

だが、中村真一郎と三島由紀夫の「あの戦争」に対する態度は対照的だった。中村は第一高等学校教授・片山敏彦に親炙し、のち、そのツテで天文台（諏訪）の嘱託に就いて、徴兵を免れた。ただし、『私の履歴書』（ふらんす堂、一九九七）では、ジィドら『N・R・F』系知識人に親しむにつれ、片山のロマン・ロランの理想主義、及びヨーロッパ知識人の左派系への同調に疑義を覚えて距離をとったという意味のことが述べられている。ロマン・ロランはレフ・トルストイの無抵抗主義に賛同し、第二次大戦期には、アサンヒー（生き物への慈悲）を説くマハトマ・ガンジーの非暴力主義に共感を示したが、一時期、ソ連寄りの姿勢も見せた。が、独ソ不可侵条約（一九三九年）の締結を見て離反した。ジィドも一時期、ソ連に傾き、やがて離反した。このあたりの動きは、かなり複雑な陰りを伴っている。それはともかく、東京帝国大学仏文科のときに中村が師事した堀辰雄も日中戦争に背を向ける姿勢を露わにしており（『風立ちぬ』の終章「死のかげの谷」一九三七）、真一郎の絶対平和主義の立場は疑えない。

それに比して三島由紀夫は、学習院の学生時代に蓮田善明にその才能を見出だされ、『日本浪曼派』の周辺で文芸活動を開始、近代芸術としての評論を心がけた保田与重郎が駆使した、破滅に向かう志向を孕んだロマンティック・イロニー（矛盾葛藤する両極を組み合わせる思考法）を身につけて出発した。[2]対米英戦争の開戦には厳粛な感動を覚え（「大詔」『文藝文化』一九四二年四月）、四五年二月、応召はしたものの、健康理由で帰宅。家族は喜んだというが、所属予定の部隊は全滅、生き残った者の悲哀を抱え、敗戦後、復員兵にも冷たい眼差しを注ぐ世間に強い反発を示しながら、作家活動に入った。

そして中村と三島は小説の作風においても対照的である。最も大きなちがいは、中村の小説発表は、ほぼ文芸雑誌に限られ、三島は婦人雑誌や週刊誌にも積極的に発表の舞台を拡げたことだろう。中村は、第一高等学校のときから、レビューなどに親しみながらも、「大衆文学」への蔑視の態度を見せている。[3] 彼のハイカラ趣味ないしモダニズムと人文主義の重なりによるもので、この「大衆文学」は時代小説を指し、探偵小説などは含まれない。三島の場合、週刊誌などへの積極的進出は、戦後社会からの疎外感が育てた反攻の意志が大衆のスターの位置を獲得することに向けられたと推察されよう。

以上を大雑把な前提として、中村真一郎と三島由紀夫の小説方法のちがいに踏み込み、戦後文芸界の一角に新たな照明を当てる糸口を探ってゆきたい。最初の手がかりとしては、文芸のテーマとしてのセクシュアル・ラヴについて、女性同性愛とその作中における意味のちがいからストーリーの運び方の相違を明らかにし、次に、いわゆる「私小説」に対する態度、および「内的独白」をめぐる見解を検討したい。後者は、小説の方法をめぐって戦後作家の態度を二分するような問題であり、いわば補助線として野間宏と高橋和己のあいだに明確になった内的独白をめぐる対立を参照する。そして第三に、能、とくにエロスとかかわりの深い『卒塔婆小町』などの扱い方をめぐって、中村と三島の伝統文化に対する姿勢を比較し、第四に、戦中派意識とも関連して、「いかなる者として死ぬか」という問題、いわばエロスの対局をなすタナトスに向かう自己意識について、考えてゆきたい。

戦後日本のエロティック・フィクション

エロスは人間の生の根源的欲求として宗教や哲学とも深くかかわり、際限もないような大きく、深いテーマである。人類は、それぞれの宗教に根差した風俗・習慣に強く規定され、各文化圏で大きな偏差を生んできた。エロスの表現は、どの地域においても、それらの規範と格闘の歴史をもっている。

両作家における性愛の書き方の比較に入る前に、エロスをめぐる文芸（エロティック・フィクション）の展開について、ごく大雑把な概況を確認しておく。なぜなら、今日、とくにアメリカの風潮を受けて、日本においてもＬＧＢＴなど性的マイノリティーの多様性が公認される趨勢にあり、もし、この今日の前提に立って戦後文芸を考えるなら、文化史的な錯誤に陥りかねないからである。

性愛の歴史を学術に開いた一つの指標を、オーストリアの精神医学者、リヒャルト・フォン・クラフト＝エビングの著書『性の精神病理』(*Psychopathia Sexualis*, 1886) に求めることができる。サディズムやマゾヒズムを「性倒錯」と記載し、同性愛についてはエディションを重ねるうちに「異常」(anomaly)から「変異」(differentiation)に改めた。ヒステリーと神聖性(sanstity)とを関連づけた彼の議論は、オーストリアのカトリック教会から敵視された。このように性科学の扉を開いたクラフト＝エビングが称賛を浴びる一方で断罪もされたことは、性愛をめぐる学術的アプローチには不可避に正反対の評価が付随してきたことを示している。セクシュアル・ラヴをめぐる芸術的アプローチの評価は、それ以上の振幅を伴ってきたともいえよう。

日本においては、古代から同性愛が異常視されたことはなく、サド＝マゾヒズムも民衆芸能や江戸時代の戯作や「枕絵」と呼ばれる浮世絵の一種(タテマエ上はアンダー・グラウンドで流通していた)でも扱われていた。が、明治維新後、公娼制度とは別に、西洋文明を基準に陰間《かげま》(相手の性別を問わず、男娼を一括して呼ぶ)の取り締まりがはじまり、とくに日清・日露戦争期には、自由思想とともに性愛の表現は激しい弾圧を受けるようになった。[4]

先のクラフト＝エビングの書物が発売頒布禁止の対象から外されたのは、一九一三年、デモクラシーとフェミニズムの機運の高まりのなかで、大日本文明協会から黒沢良臣訳『性の精神病理』(*Psychopathia sexualis : mit besonderer Berücksichtigung der conträren Sexualempfindung*, 1894)が刊行されたのが初めてで、ジャーナリズムにいわゆる「変態心理」への関心を呼んだ。女装趣味やサド＝マゾヒズムをテーマにとる谷崎潤一郎の初期作品は、その機運を背景に生まれたものといってよい。その追求は長く多岐にわたり、『卍』(一九三〇)では女性同性愛を扱っている。性愛の「異常」や「変種」についての関心とその表現の追究は、先端的な詩人(とりわけ萩原朔太郎)や作家たちによっても担われたが、そののち、江戸川乱歩が「猟奇」や「エロ・グロ」の代表作家と見なされるようになっていった。[5]三島由紀夫の性的欲望をめぐるテーマ、たとえば覗き趣味なども乱歩の作品に学んだことはよく知られていよう。

ただし、女性同性愛に関しては、とくに思春期の女性同士の親密な交際と区別がつきにくく、西洋でも日本でも、比較的寛容だった。夫とのディスコミュニケイションと女性との親密さを対照的に展開した田村俊子の大正期の作品、女学生同士の、いわゆる「エス」の関係を書いた吉屋信子の作品群なども隣接しよう。日本の場合、男性同性愛の「異常」視は、次第に強くなっていったが、旧制中学校・高等学校において女性的な容貌や仕草の同性に対する「稚児趣味」は広く認められ、戦後の国立大学の学生寮の一部でも半ば公然と存続していたともいわれる。

福永武彦の稚児趣味は周辺に知られていたが、中村真一郎の場合は、旧制一高時代のその嗜好が『青春ノート』に残されていたものの、それが他の生徒に知られることには極度に警戒していた。なお、敗戦後、アメリカの進駐軍の高級将校に、その嗜好で知られる人がおり、日本人の一部に流行を拡げたということを中村真一郎がどこかで披歴していたと記憶するが（いま思い出せない）、戦後日本におけるその実態は錯雑としており、極めて掴み難い。

江戸川乱歩には、日露戦争で四肢を失い、口もきけず、耳も聞こえなくなった夫を性愛の対象として弄ぶ妻を書いた「芋虫」（一九二九、初出時「悪夢」、伏字多数）がある。その夫は軍功により勲章を授けられていたが、彼女の欲情を拒否する感情を示したとたん、決定的な惨劇が引き起こされる。男性を完全な支配下に置いて女性がその性欲を解放することに対して、男性が抱く怖れの感情が潜んでいよう。とはいっても、当時、この作品には女性の読者（芸妓）から「食事がまずくなる」と嫌悪感が示されたことを、乱歩自身が回想している。そもそも性愛とそれをめぐる表現については、言及や描写が具体的になればなるほど、好悪に個人差が開く。そこに時代を超えてエロティック・フィクションを扱う批評のむつかしさがある。今日のセクソロジーやジェンダー・スタディズの盛行は、かつてより評価の幅をかなりの程度拡げているとはいえ、本稿にも全体を通して、そこここに拒絶感を覚える方が出て不思議はない。大方のご海容をお願いしたい。先の乱歩の回想には、作家自身には反戦思想を込めたつもりはなかったが、左翼が反戦の意図を読みとったことも述べている。そして日中戦争から第二次世界大戦期にかけては、よく知られているように、政治思想および風俗の表現の取り締まりは極端に厳しくなり、「芋虫」も一九三九年には単行本より全面削除処分を受け、乱歩はほとんど断筆状態を余儀なくされた。[6]日本の検閲の問題は、そのシステムと検閲基準の変化か激しく、アプローチは容易ではないが、その研究も少しずつだが、浅岡邦雄らによって確実に進展している。

第二次世界大戦後、連合軍最高司令官総司令部（ＧＨＱ・ＳＣＡＰ）が政治記事（連合軍批判）の検閲を、日本の警視庁が風俗記事の検閲を担当し、サンフランシスコ平和条約締結（一九五二）後も官憲による風俗記事の検閲は続いた。Ｄ・Ｈ・ローレンス『チャタレイ夫人の恋人』（*Lady Chatterley's Lover*, 1928）の翻訳（伊藤整）をめぐる裁判（一九五一―五七）、マルキ・ド・サド『悪徳の栄え』（*Histoire de Juliette ou les Prospérités du vice*, 1797）の翻訳（澁澤龍彦）をめぐる裁判（一九五九―六九）、そして三島の自決事件を超えて、永井荷風が江戸後期、為永春水流の戯作を擬して着物の柄など細部まで書き込んだポルノグラフィ「四畳半襖の下張」（一九一七）を作家・野坂昭如が雑誌『面白半分』に掲載したことをめぐる裁判（一九七二―八〇）が文芸表現をめぐる三大事件と呼ばれる。法廷では、多くの著名な作家・批評家が猥褻かどうかの判断を官憲の手に委ねず、表現の自由を守る立場から弁論を展開した。

このうち、サド裁判が続いた一九六〇年代は、ウィルヘルム・ライヒの唱えたセクシュアル・レヴォリューションの風が日本でも大都市のいわゆる秘密クラブなどに拡がりはじめた時期にあたる。その少し前、石原慎太郎は『太陽の季節』（一九五六）以下、無軌道な青春の性と暴力を題材にとる作風で注目を集め、森茉莉による男性同性愛小説『恋人たちの森』（一九六一）、『枯葉の寝床』（一九六二）が刊行された。一九五〇年代後期に出発した大江健三郎も中短篇集『性的人間』（一九六三年刊）などを重ねた。また東西文化について学識豊かな作家・石川淳が文芸雑誌『新潮』に、日本神話で荒ぶる神をいう「荒魂」をタイトルに冠した長篇を連載（六三年一月―六四年五月号。新潮社、一九六四年刊）した。「荒魂」にして同時に「和魂《にぎたま》」の化身として主人公・佐太の発散する性のエネルギーは、作中に男女の同性愛やサド・マゾヒズム、サバトの饗宴など破廉恥な性の場面を溢れさせ、また財閥が企てたクーデターを阻止する佐太の率いる勢力は、六〇年代後半、アメリカの西海岸に起こったフラワー・チルドレン運動を先取りするかのような様相を見せていた(7)。

そして一九六〇年代後半には、新潮社から「ヘンリー・ミラー全集」全十三巻（一九六五―七一）が刊行されるなど、性描写のあふれる文芸作品の翻訳も盛んになった。「四畳半襖の下張り」の雑誌掲載に対する弾圧は、このような傾向に対する官憲のリアクションと見ることもできるだろう。三島由紀夫は、稲垣足穂『少年愛の美学』（一九六八）を強く推し、足穂の存在を広く知らしめる役割をはたした。

一九七〇年代にかけては、瀬戸内晴美（寂聴）、河野多恵子、大庭みな子ら女性作家により、エロスの追究の表現の扉が大きく開かれ、七〇年代後半には、性愛と暴力の溢れる表現で中上健次、立松和平、村上龍らが活躍、女性作家では高橋たか子が活躍を見せ、エロティック・シーンが氾濫する季節を迎える。一九八〇年代には山田詠美がセンセーショナルに登場し、いわゆる「女性作家の季節」に入った。女性研究者によるセクソロジーないしはジェンダー・スタディズも盛んになり、今日に至っている。

その間、大正・昭和戦前期における多様なエロスの表現の掘り起こしも続いた。なお、谷崎潤一郎は『痴人の愛』（一九二五）で、女体の部分を写した写真の方が全体を想像させて煽情的であることを示している。これは、パーツ化すなわちオブジェ化という今日でも、流布している一般論を覆す見解といえるだろう。また清沢冽は『モダン・ガール』（一九二六）で早くも文化が生む性差の観点を提出していた。乱歩のエロ・グロ趣味を盛り込んだ長篇探偵小説『黒蜥蜴』（一九三四）を三島由紀夫が趣向を凝らして戯曲化し（一九六一）、繰り返し上演された。

三島由紀夫における女性同性愛

さて、戦後の文芸ジャーナリズムにレズビアン・ラヴの覗き見のシーンを持ちこんだのは、三島由紀夫だった。三島の東京大学法学部の卒業を前後する一九四七年、総合雑誌『人間』十二月号に掲載された中篇「春子」がそれ。のち三島は、この作品について〈只今大流行のレズビアニズムの小説の、おそらく戦後の先駆であろう〉と記している（新潮文庫『真夏の死』「解説」一九七〇）。〈只今大流行〉は、ジャンソン歌手で推理小説も手掛け、男女の同性愛者の集うクラブの経営もした戸川昌子が出版社系週刊誌に、その手の小説を連載していたことなどを指していよう。

三島はその自筆「解説」で〈ほとんど観念上の操作のない、官能主義に徹した作品であり、そのこと自体が当時としては異風〉、〈文学上の退廃趣味を健全なリアリズムで処理すること〉が狙いで、それが〈今日に至る迄、大体私の小説作法の基本〉とも述べている。その意味で三島は、戦後のエロティック・リアリズムの開拓者を自認していた。

「春子」は、『仮面の告白』（一九四九）でデビューを果たす以前の三島由紀夫の、いわゆる初期作品の一つに数えられるが、制作ノートを重ねに重ねた作品で、上流階級に属する十九歳の青年が、家族が疎開した東京の留守宅で、かつてお抱え運転手と駆け落ちし、世間を騒がせたことのある伯母・春子に挑発され、性のイニシエイションを受けたのち、それ以前から想いを懸けていた、野暮ったいそぶりとは裏腹に成熟した肉体をもつ、春子の義理の妹・路子とも関係をもつに至るまでが語られる。問題のレズビアン・ラヴの垣間見のシーンは、青年が家族が疎開して留守に残った東京の邸宅の庭の温室のなかを覗いて、路子の左手が春子の着物の裾に割って入るところまでを見て、その場を離れている。そののち青年は、春子から路子が会うことを承諾したと告げられ、二人の女の愛の姿が濃密に漂う部屋で、路子の口から、関係を受け入れるのは春子の差配によるものだったことを明かされ、路子に言われるままに春子の浴衣をまとい、路子から口紅を差してもらい、身を委ねるところで小説は閉じている。

青年がそれを自ら欲したわけでも、春子が彼の潜在願望を見抜いたわけでもなく、この最後がどこへ向かうのかも、必ずしも明らかではないが、レズビアンのタチ役に身体を委ねるのであれば、A感覚への刺戟が暗示されていると読める。

青年の一人称視点で語られる、この作品の場合は、ゲイの自己告白衝動の代償的表現と見なされてもしかたあるまい。

退廃に傾きがちな戦時下の青年の性の心理には、やや踏み込んだ程度だが、若き作家は、青年が意外なところに誘い込まれるまでの出来事を、伏線をはりめぐらせ、現実味を失わずに運ぶことを〈健全なリアリズム〉と心得、ストーリー展開に腐心していたことは明らかである。三島由紀夫の小説が意外性に富んだストーリーの運びに重点があり、「人工的」（内的必然性のない、つくりものめいた）と評される所以も、ここに明らかだろう。

三島が、この作以前に、中村真一郎を含むマチネ・ポエティクのグループと接触したことも知られている。それ以前から三島は、ドイツ・ロマン主義のアイロニーに傾斜し、「愛」と「死」の極点が抱擁しあうドラマを構築したいという願望を抱き、長篇『盗賊』では、それをフランス心理分析小説の手法で肉付けしようとしていた。その文学的な追究の姿勢に可能性を感じとった人は武田泰淳をはじめ、少なくなかっただろうが、それは、作家自身、満足しうるものに到達しえなかった。その追究の過程で、心理分析の方法から逸《そ》れ、リアルなストーリー展開とその意外性、物語性に偏っていったことが知れる。当初抱いていた志は、彼自身の胸の内に熾火《おきび》のように燻りつづけていたとしても、『仮面の告白』（一九四九）の世俗的成功により、作家自ら、戦前期の大衆文化状況がすさまじい速さで拡大再生産されてゆく波に乗ることに興じていった成り行きは見えやすいだろう。

『仮面の告白』は、三島由紀夫が『文藝』の担当編集者宛てに記したように（一九四八年十一月二日付、坂本一亀宛書簡）、彼にとっては〈従来の文壇的私小説〉の仮面を被った告白とは異なり、〈自己解剖〉的な「私小説」であった。そこでいう「文壇的私小説」の告白とは（事実そのままが書かれているかどうかの問題ではなく）、島崎藤村が『新生』（一九一九）で姪との関係を自ら暴露しつつなしたように、作家の良心の在処を証明するための告白であるのに対し、「自己解剖」に向かう告白はそうではないという含意で、自分の告白は〈肉付きの仮面〉と称している。

根柢にあるのは、「私小説」は、すなわち仮面を被った告白であるという理解なのだが、これは、伊藤整が『小説の方法』（一九四八）で、狭い文壇のなかで体験を告白しあった日本の「私小説」作家たちを「逃亡奴隷」にたとえ、仮構にうちに社会性を示した西洋の作家を「仮面紳士」と論じて、作家の社会的パフォーマンスに還元したことをベースにして、その二つの態度を結びつけ、日本の「私小説」は「仮面をかぶった告白」と周辺で論議されていたことによるものだろう。あるいは三島が師と仰いでいた川端康成の意見によるものだったのかもしれない。なお、島崎藤村は「ルウソオ『懺悔』中に見出したる自己」（一九〇九）で、ジャン＝ジャック・ルソー『告白』（*Les Confessions*, écrites de 1765 à 1770, publication posthume）こそ「自然主義」の精髄、エミール・ゾラの作品など芸術ではない、と論じていた。二十世紀への転換期の日本の文芸サークルで、いかに文芸における「自然主義」の概念が混乱していたか、その証左の一つである。

三島のいう「自己解剖」は、同性愛嗜好と異性との愛の交歓を願望する自己との葛藤の分析を意味しているが、彼にとって同性愛を語ることは、世間的にアブ・ノーマルとされているることを前提にして、自己暴露が世間的健全さへの挑戦ないし破壊の意味をもっていたからにほかならない（当時の批評家の一部が、同性愛嗜好を若き男性には普通にある性向と述べたり、のちの三島の異性愛の成就を強調したりすることも、今日のセクシュアル・マイノリティを公認する立場から同性愛嗜好のカミングアウトのように評価することも、彼の戦後社会からの疎外感ゆえになされた反攻であったことを読み落とすことになろう）。

兵役にとられることなく、戦場に赴かなかった戦中派、敗戦後の社会から爪弾きされる戦中派という二重の疎外感に苛まれ、身体的劣等感と同性愛嗜好、異性愛の不能が複合した心理を克服するために、世俗的スターの座を獲得するまでの彼の努力は、相反する二極の心理を逆説的に結びつけ、ストーリー展開の意外性を発揮する流行作家への道を歩むことに向けられた。そのロマンティック・イロニーは、戦時下、保田与重郎から学んだものにほかならない。そのうちに体制や権威への叛逆の傾斜が強く出るところには蓮田善明の影が見られよう。蓮田は、その『鴨長明』（一九四三）に、長明が後鳥羽上皇の御歌所から身を隠したことに上皇への反逆の姿勢を読み取っていた（『源家長日記』や『十訓抄』の長明評に足許を掬われ、都を守護する下鴨神社の神官の息子の立場に、儒学の忠義にも仏教思想にも背きがちな心を読もうとしたのである(8)）。

その後、三島由紀夫のエロティック・フィクションの展開は、亡父の父親に身をまかせつつ、若い園丁とも通じる女性の内面を書いた『愛の渇き』（一九五〇）で西洋風の近代小説の実現という評価を受けた。三島はそれをフランソワ・モーリアックの「内的独白」の手法に学んだことを隠していない（「あとがき」『三島由紀夫作品集2』新潮社、一九五三）。また情念にかられて社会悪や倫理を犯す主題を『禁色第一部』（一九五一）、ギリシャ旅行を挟んで『秘薬』（禁色第二部、一九五二―五三）に展開し、内的独白とロマンティック・イロニーを駆使してゆくことになる（モーリアックの「内的独白」が孕む問題については後述する）。

だが、その後、『青の時代』や『金閣寺』（ともに一九五六）のように、社会的事件の主人公の屈折した心理をロマンティック・イロニーで解釈し、内面のドラマを構成してゆく志向が顕著になる。実際、三島由紀夫作品にアイロニカルな論理構成を指摘する批評は多い(9)。

それゆえ、三島が『金閣寺』で、主人公が金閣寺を眺め、美的陶酔に誘われ、人生を支配されてしまうがゆえに金閣寺を滅ぼし、自ら生きる道を歩み出そうとするまでのストーリーを組み立てたことに対し、禅寺の内実をそれなりに経験し、承知している水上勉が別の解釈を『金閣炎上』（一九五七）に示すことにもなった。つまり三島は、自身の解釈で登場人物の心理的葛藤を作り出してゆく方向に向かったのである。

中村真一郎の出発と女性同性愛

第二次世界大戦後、中村真一郎が文芸ジャーナリズムに「戦後文学の旗手」として登場するには、まず加藤周一、福永武彦との共著『１９４６・文学的考察』（真善美社、一九四七年一月――いいだももら第一高等学校生徒を中心とする同人雑誌『世代』の依頼に応えて先輩格の文学者として連載）に示した、広く二十世紀の国際的視野に立つ文学的立場が若い世代の支持をうけたことが下地として働いた。たとえばドイツ生まれスイスの作家、ヘルマン・ヘッセのノーベル文学賞受賞（一九四六年）をいち早く取り上げ、ヘッセの第一次世界大戦時からの反戦平和の姿勢を掲げ、またそのインド仏教への親炙も取り上げていた。ここには、国際的な文化史的文脈への配慮がはたらいており、おそらくは、先にふれた「理想主義」に走る片山敏彦の姿勢への違和もこめられていたのではないか。

そして、もう一つは、一九四七年十一月、真善美社より刊行された『死の影の下に』（五部作の第一部〔雑誌『高原』一九四六年八月―四七年九月〕）に、プルースト的な無意識的な記憶想起に満ちた意識の流れの手法を見てとり、これまでにない長篇小説の世界を開拓したと評された。

中村真一郎のプルーストへの接近は堀辰雄経由といってよいだろうが、堀辰雄の『美しい村』第二章にあたる「美しい村――或は小遁走曲」（一九三三）では、「私」がいま、書こうとしている「物語」（と呼んでいる）の構想をふくらませ、当初とはちがう形になってゆく経緯が記される。それは語り手の精神の動き（しばしば「魂の状態《エタ・ダーム》」とも）、すなわち意識の出来事にそって構成される。そこに出現するのは、いわゆる客観的出来事をいうリアリティーではなく、一人称視点に立った意識の内的リアリティーの展開する世界となる。

このような小説作法がジェイムズ・ジョイス、プルースト、ウィリアム・フォークナー、ヴァージニア・ウルフなどによって二十世紀小説の主流になってきたことが今日では歴然としているが、戦後文壇では、その見解は必ずしも一般化していなかった。「内的独白」（monologue intréieur）と「意識の流れ」（stream of consciousness）のちがいについても現在に至っても漠然としているところがあろう。後者は文芸用語の狭義では「無意識の噴出」をいう。これは、プルーストよりも、シェイムズ・ジョイス『ユリシーズ』（*Ulysses*, 1922）の受容史と、そして、より広くは意識の現象学の拡がりともかかわり、未だよく整理がついていない[10]。さらには「私小説」論議とも絡んで戦後まで、いや、今日まで混乱が尾を引いている。これらについては、本稿でも必要な限りで、ごく簡単に整理を試みてゆく。

　中村真一郎の初期五部作の第一部『死の影の下に』（一九四七）は、意識のリアリズムの分析に著しい特徴があり、とりわけ無意志的回想が回想時の意識によって変奏されることが強調される。第二部『シオンの娘等』（一九四八）には、主人公にして語り手の城栄のノートが随伴している。これは堀辰雄「美しい村」と同じだが、真一郎の場合には、それが語り手自身の心理の変化の分析のために用いられている。

　たとえば、『シオンの娘等』〔12〕では、浮田礼子嬢が「わたし」の感情を混乱させる原因が、彼女が遠い過去と近い過去と現在の三つの相で立ち現れるゆえ、と分析される。第一は、かつて見た浮田家令嬢の幼い日の赤い水着姿、第二は、青年期の「わたし」が銀座で見かける「シオンの娘等」のなかから礼子嬢が浮かび出てくるのは、プルーストの「花咲く乙女たち」のなかからアルベルティーヌが浮かび出てくるのと同じだか、それは、この一年のあいだ「わたし」の心を愛と尊敬とで支配しつづけてきた彼女の相であり、第三は、親密な仲に進むことなく、互いに何でもない関係を装うような仲になっている現在の彼女の相である。その三様の彼女が「わたし」の感情をかき乱すので、「わたし」は、それを整理してかからねばならない、というわけだ。

　記憶が絡むことによって現在のイマージュの世界がつくられるのは、ベルクソン『物質と記憶』（*Matière et Mémoire*, 1896）が説いたことで、プルーストはそれを学んで、彼の意識の哲学の要諦にしたが、記憶の深層からの突然の噴出については、ベルクソンは言及しておらず、プルーストは独自の発見のように考えていたらしい（遺伝学におけるアタヴィズム〔atavism〕（隔世遺伝、間歇遺伝）と関連して、日本でも一定の流行をみた）。城栄は、その前提にたって、自分の現在の意識を分析してみせる。それが中村真一郎のスタイルの特徴で、記憶の深層からの突然の噴出はさして目立たない。

　そして、その〔18〕では、語り手「わたし」は、避暑地の公会堂で演劇が行われているあいだ、偶然、その庭の藪影から浮田礼子と広川桃との〈秘密の愛撫の声〉を漏れ聞き、彼女たちがレスボス島の妖精たちだったことを知る。次の〔19〕では、その晩、礼子嬢に対する感情が〈愛と尊敬〉から〈純粋に肉体的な欲望〉に変化したことが語られる。ここでは、プルーストの影は、語り手の性愛に関する感情の変化に絡んでいる。発表は三島由紀夫の「春子」発表より、ほぼ一年後のことである。

プルーストの場合、語り手にとって「ソドム」とは異なり、「ゴモラ」における女性たちは『スワン家の方へ』で語り手が目撃するヴァントイユ嬢と女友達との関係にしろ、『ソドムとゴモラ』におけるアルベルティーヌのレズビアニズムへの疑いにしろ、霧のなかを漂うゆえに語り手は想像をかきてられ、打撃を受けたり、嫉妬にかられたりするのだが、中村真一郎の初期五部作に「ソドム」は登場しない。『シオンの娘等』〔18〕には、第三の現在の礼子嬢に対し、「わたし」は間近に彼女のブラウスの胸のふくらみを目にして圧迫感を覚える場面がある。彼女の女らしさに対して、「わたし」は欲望を刺戟されても、それは閉ざされていた。だが、彼女がレスボス島の住人であることを知ったことにより、彼女との仲が進行しない理由が判明し、かつ彼女も肉欲をもつ存在であることが如実にわかると、彼女に対する「尊敬」が剥がれ落ち、彼女の肉体に対する欲望に火が点いたという成り行きである。ところが、彼女が同性愛者であるなら、「わたし」の男性としての欲望は受け入れられそうになく（礼子嬢がバイ・セクシュアルという想定はなされていない）、やがて「わたし」は愛情の対象を別の女性に移してゆくことになる。

このような心理は、戦時下、青年たちに死が迫りくる現実から逃避的になりがちな主人公・城栄に起こったこととして示されている。現実逃避的で古典や芸術の世界に心を向けがちなのは、プルーストの語り手に似てはいても、その「失われた時」は戦時下に限定されているわけではないし、女性同性愛が語り手にもつ意味もちがう。そこで語り手はノートに自己の意識の分析を書きつけたりもしない。

そして、語り手にとって礼子嬢が過去と近い過去と現在の三つの相貌をもって立ち現れる現象は、『シオンの娘等』の刊行以前に発表された短篇「妖婆」（一九四七）では、やはり戦時下、亡くなった日本史学の先生の遺稿の整理にあたることになった語り手が、先生の研究対象だった彼の縁戚筋の旧大名家を訪れ、そこで見かけた子爵の叔母、一心にカード遊びにふけっている老婆から、四つの肖像を想い浮かべるかたちに変奏されている。そのとき、子爵が語り手を先生の弟子と紹介した途端、老婆の面差しには一瞬、生気がよぎったのを語り手は、見逃さなかった。次に、その一カ月後、再び資料を借りに訪れた子爵家の一家は空襲に備えて郷里に疎開していたが、その露台のロッキング・チェアには老婆は一人、静かに滅びを迎えるかのような身を横たえていたのだった。これが第二の肖像となる。

先生の遺稿のなかには、先生が若き日、彼女に密かな想いを懸けていたことが明かされていた。だが、彼女は嫁いでしまった。そののち、彼女は離婚して家に戻っており、先生が久しく会わずにいて見かけた折には、人の心を凍らすような冷たい瞳にであった（第三の肖像）。先生が洋行前に子爵家に挨拶に行ったときには、彼女は一言「おめでとございます」と告げたきり、カード遊びを続けていたが、そのこめかみには血管が浮き上がっていたと記されていた（第四の肖像）。先生に想いを懸けられていることを知りつつ、それに感情を動かすことがあっても、格式を守り、身を持してきた老婆が、いま、一生が閉じるのを待っている。そう想う語り手の想念のなかに、老婆の顔に四つの表情が一瞬のうちに明滅して小説は閉じる。「妖婆」のタイトルは、その一瞬の変貌を指している。語り手の記憶と先生の手記の記述から浮かび上がる四つのイメージが想念のなかで映画の高速モンタージュに似た怪異を呈したわけだ。逆にいえば、それは、彼女の四つの肖像が一つの人格に結ばれたことを示していよう。

世の中のしくみも変化も複雑になればなるほど、そのときどきに蓄積された記憶、あるいはもたらされた知識の断片は、一人の人間の人格の多面性ないしは多重性として感じられることは増えるだろう。が、あるとき、それが一つの人格の統一像に達するようなことも、しばしば経験することではないだろうか。それに類する意識現象は、そののちも中村真一郎作品のうちにしばしば顔を覗かせる。記憶の断片と対象の認識とのかかわり方が、彼の世界にあっては、大きな要素をなしているからである。

出されなかった葉書

ところで、この短篇「妖婆」をめぐって、三島由紀夫が中村真一郎に宛てて書いたものの出さなかった葉書二通（一九四七年十月十九日付葉書未発送）が残っていた（『決定版三島由紀夫全集38』新潮社、二〇〇四）。その内容は、中村真一郎や加藤周一が文学に初恋を続けているか、という問いかけに始まり、「妖婆」の冒頭、先生が調べていた大名家の血筋を引く子爵について〈古い家柄と新しい西欧な教養とが、中年の落付きの中に自然に混り合った、その品のいい態度〉という形容をめぐって、教養というものに対する〈無邪気で素朴な無教養の目〉を持つことが必要なのではないか、〈作家は自分自身に驚くことにより、世界におどろき、美におろき夢におどろくのだと思ひます〉とつづく。「妖婆」の一節に対する反撥というより、中村真一郎の作品は世界に対する態度が知的評論的であり、その教養に対する感動がないと言いたいらしい。だか、それをぶつけてみても噛みあいそうにないと感じ取ったのだろう、三島はそれらの葉書を投函しなかった。三島由紀夫のロマンティックな芸術観は、近代を通して感情の表現とされてきた詩においてさえ、二十世紀には知性による批評を抱き込んで展開していたことを常識とする人々とは、大きくスレチガウものだった。おそらく、この齟齬は、三島の最期まで埋まらなかっただろう。

『日本浪曼派』を名乗る雑誌については、当時、美術批評に活躍していた土方定一が時代錯誤と非難したこと、それに対して中谷孝雄はリアリズム全盛に対する反語的表現と応じていたことについてわたしは再三ふれてきた。芸術作品の制作にあたって、アナクロニズムは必ずしも否定されるべきではない。新機軸を生むこともある。だが、どのようなジャンルであろうと、その歴史認識に関しては弊害しか生まない。理念が先導するロマン主義と環境や条件の還元主義に立つ実証主義ないし自然科学的リアリズムとが対立した十九世紀後半の構図は、二十世紀への転換期には、台頭した象徴主義のなかで、それらを相互の組み合わせる新たな模索に転換していた。それは、五官の感覚でキャッチした印象の再現を狙う印象主義から、抽象的観念の具現(バラは愛の象徴)を意識的に行う象徴主義へ、さらには表現主義や立体主義、構成主義などのモダニズム諸派、さらにはダダやシュルレアリスムへと分岐していったのが二十世紀前半における諸芸術の展開だった。

保田与重郎は「日本浪曼派」を名乗りはしたが、侘び・寂びや幽玄中心の中世美学を「日本的なるもの」とする象徴美学の流れに立ち、それを逆説的に破滅に向かう情念へ展開した。その評論「日本の橋」(一九三六)は、寂しい景物そのものを評論の対象に据えたことで、文芸史が芸術史や文化史に向かう機運に歓迎された。が、そののち、ドイツ・ロマンティシズムを日本文化史にアテハメ、後鳥羽院や上田秋成らをアイロニカルな構図で説く保田の批評は、時代錯誤に満ちていたのだが、戦時下、デカダンスやニヒリズムに傾く、とくに青年たちの精神によく響いたのだった。

中村真一郎の場合は、財界人で広い知見をもつ父親の影響下に、中学生のころから、西欧一九二〇年代の、いわゆるアヴァンギャルドの動きにも接して、二十世紀芸術全般に通じた教養の基盤となった。中村より七つ齢下の三島由紀夫は、代々官僚の家族の生まれで、幼いころから祖母の影響下に歌舞伎や泉鏡花の伝統芸能に親しんで育ったことが『日本浪曼派』への接近に繋がったらしい。いわば幼少期の文化的環境のちがいが歴然としている。

『死の影の下に』五部作にも、プルーストに似て、城栄の意識の哲学やさまざまな芸術論の知識が開陳される。ただし、画家や劇作家、キリスト教信者、左翼学生など、それぞれの人物像はモデルがいてつくられたものと想われ、それぞれに、ほぼ典型的な考えを披歴している。西洋古典学の学徒として設定された城栄を作家の「分身」ということはできても、彼が開陳する知識のどこまでが当時の若い知的青年の常識に近く、どこからが執筆当時の真一郎の独自の見解なのか判然としないことも多い。この作家と主要登場人物の関係については、次に考えてゆくことにしよう。

ここでは、とりあえず、戦後日本において、戦時下の青年期の性欲をめぐる物語の頁を開いた作家の一人として中村真一郎を考えるなら、その語り手の対象についての意識には、記憶と融合しているがゆえに混乱が起こり、それに整理がつく傍から関係の変化に見舞われ、それによって彼の精神が変貌を遂げてゆく、つまりは、語り手の意識の変化の過程とともにストーリーが展開してゆくという特徴が指摘されよう。リアルなストーリー展開に腐心した三島由紀夫との大きなちがいは、その点にあった。

そして中村真一郎も、初期の長篇五部作ののち、性の欲望と歓び、その心理を分析的に語る『夜半楽』(一九五四)、『熱愛者』(一九六〇)、『恋の泉』(一九六二)などなど幾多を重ねた。中村真一郎と三島由紀夫は恋愛小説ないしエロティック・フィクションを競いあう関係にあったと見ることもできそうだが、次に二人の方法のちがいを、小説観のちがいにまで踏み込んでみたい。

戦後文壇における小説方法をめぐる対立

中村真一郎の小説に、批評家を語り手とするものがある。三島由紀夫が出さなかった葉書の八年後、『仮面の告白』からは七年後の長篇『冷たい天使』(一九五五)がそれである。売れ始めたところで自殺した私小説家・池上広志の高等学校以来の友人で、いつも彼から小説を書けない「批評家」とからかわれてきた「ぼく」が、彼の死とその小説「冷たい天使」をめぐって考察し、それを完成させるという作品である。その池上の小説には、池上のかかわりをもった女性同士が実は同性愛の関係にあったことを知る場面もある。

その〔六　冷たい天使〕の章では、池上の小説「冷たい天使」の紹介に先立ち、「ぼく」は〈西洋風の架空小説〉と〈純然たる私小説〉とを対比する図式により、池上の「冷たい天使」を虚構の少ない「私小説」と断じている。そして池上の「冷たい天使」の全文を紹介したのち、〔七　註及び雑説〕では、文芸時評というものは、いわば文壇政治にほかならず、〈その時代の空気が変われば数年ならずして謎となる〉と言い置いて、「冷たい天使」の前月、「戦後夫人」という作品によって新しい風俗作家・池上広志が登場したと歓迎する匿名時評を紹介し、実際、それに池上が勇気づけられはしたが、それは〈戦後の新人の外国の小説の模倣品製造〉であることを揶揄する一文かもしれないと述べている。そして、そこには〈私小説こそ、真の客観小説だという、戦前までの常識を心得た作家〉の登場を望むという条なども見え、〈意味がよく判らない〉評言とし、それに対して「ぼく」は〈『青年の環』や『赤い孤独者』や『死霊』の後で、思想的にも構成的にも小さな日常的な袋小路へ、日本の小説が戻るのは反対である〉といい、作家の実生活が問題なのではなく、池上の「冷たい天使」の主人公の「誘惑者」の哲学がいかにして現実の前に崩れて行くか、それを示すことこそが文学の問題だと主張し、〈作家が描写によらず説明で運んでいるのも小説の邪道〉と付け加え、池上に〈ジャンルに対して、もっと厳しい潔癖さ〉を要望して終わる。

念のために断っておくが、これは三島由紀夫『美徳のよろめき』(一九五七)が「よろめき夫人」という流行語を生む以前の作である。ここに示された、第一次戦後派の作風を形而上学が勝った観念小説のように非難し、体験談風の私小説、戦後風俗を描く小説の新たな登場を歓迎する傾向を退ける語り手の批評家の小説観は、ほぼ中村真一郎その人のもののように思える。その手の評言はたしかにあった。いまさらながらではあるが、ここにあげられている野間宏、椎名鱗三、埴谷雄高の実作の、どこが外国の小説の模倣なのか、改めて問いたい気がする。中村真一郎の『死の影の下に』五部作もプルーストの単なる模倣でないことはすでにふれた。

そして、もし、それをいうなら、作家の実体験をもとにした「私小説」は、ゲーテ『若きウェルテルの悩み』(一七七四)に発する西欧近代に生じた小説作法の模倣ではないか、と問い返すべきだろう。それはすでに永井荷風の随筆「矢はずぐさ」(一九一六)の冒頭近くで説かれていたのだが、一九二〇年代から三五年にかけての「私小説」論議がすっかりそれを忘れさせてしまい、しかも戦後の議論の混乱を準備していた。それは、だが、必ずしも先に登場した匿名時評のように「第一次戦後派」の傾向を観念小説のように退け、「私小説」を肯定する方向とは限らず、本格的な近代的リアリズム小説を待望する声をも生じさせていた。それらについては、後に論点の整理を試みることにしよう。

それに先立ち、先の語り手(批評家)の言のうちに、小説は説明ではなく、描写で運ぶものという命題が登場していたことに着目しておきたい。出来事の説明とは区別される描写(depiction)は、一般に、情景ないし人物やその心理を知的概念的説明ではなく、比喩を用いるなどして読者に生き生きと想像させる表現をいう。ところが、現象学の台頭を承けて意識のリアリズムを重視する方向に展開した二十世紀文芸では、視点人物の五官の感覚がとらえた景、及び、それに触発された印象ないし感情の入り混じった「情景」が展開される方向をとった。他方、写真やフィルムなどカメラ・ワークによる映像（スナップ・ショット、クローズアップやパン、またカット割り）などを擬した描写が次第に幅を利かせるようになり、十九世紀の客観描写とは様変わりが進んだ。

日本においては、前者については、二十世紀への転換期に国木田独歩が「今の武蔵野」（一八九八）で芸術的散文を開拓、また岩野泡鳴が早くから一人称視点の語りを実践し（五部作）、一元描写論を唱えた。その一元描写論について、田山花袋は「東京の三十年」（一九一七）で、多少窮屈だが、それが本当の行き方と認め、河上徹太郎「岩野泡鳴」（一九三四）がその作家的価値を絶賛し、石川淳「岩野泡鳴」（一九四三）が主人公＝語り手が自身の置かれた環境や自身の心境を自由に対象化して書く立場を確保したと論じた。後者については、横光利一が「蠅」（一九二五）や「風呂と銀行」（一九二八、のち『上海』冒頭）の冒頭で試みたことなど知られる。エロティック・フィクションにおいては、江戸川乱歩が「屋根裏の散歩者」（一九二五）で覗き見の煽情性を開拓したり、谷崎潤一郎が『痴人の愛』（一九二五）で映画のカット割りを語り手の視点の転換に用いていた[11]。これは大変意識的なもので、単なるシーンの切り替えではない。

中村真一郎『冷たい天使』の語り手（批評家）は「私小説」を〈思想的にも構成的にも小さな日常的な袋小路〉に陥ると退けると同時に、小説は説明ではなく、描写で運ぶものと述べていたが、中村真一郎の前期小説において、意識がとらえた情景描写は、プルーストや堀辰雄に比しても目立つことはなく、心理描写もその分析に傾きがちで、描写らしい描写が顕著になるのは『四季』四部作の『春』の冒頭あたりからではないだろうか。中村真一郎の小説の架空の語り手の言が、必ずしも当時の中村の考えと一致しないような例は、他にも様ざまにあることは先にも触れた。いうまでもなく、いわば典型的な考えを語る語り手を中村が仮構するゆえである。

また中村真一郎の小説の描写に映画技法が応用されていることを感じることは、まずない。三島由紀夫の場合は、演劇的場面を効果的に用いて小説中に意外さ、華やかさを添えることを好んでする。そのような場面は、壮大なスペクタクルを別にすれば、誰の作品でも映画のシーンと区別できない。

内的独白と意識のリアリズム

そこでいま仮に、中村真一郎と三島由紀夫の方法的対立を、内的独白をふくむ近代的小説の日本における実現を目指す立場と二十世紀的一人称視点による意識のリアリズムの追究としてとらえ返してみたい。それは、そののち、一九六二年、憲法調査会などの動きを含めて戦中・戦後の法曹界を舞台にした高橋和己『悲の器』が文藝賞を受賞した際、野間宏と中村真一郎が、その作品の意義を認めつつも、方法上の疑義を呈したことに端的に示されていよう。そこで、ここでは、しばらく野間宏と高橋和己のあいだの小説方法における見解の相違に立ち寄ってみたい。なお、野間宏は一九一五年生まれで中村真一郎より三つ上、高橋和己は一九三一年生まれで、三島由紀夫より六つ下、野間宏とは十六歳離れている。

高橋和己はのち、『悲の器』を収載した『われらの文学21』（講談社、一九六六年十月刊）の巻末に、「もう一つの劇」と題するエッセイを寄せている。そこには〈作中人物と作家の関係との関係も、作家の自ら創りなせるものに対する愛憎共存という二重の関係をもつのが普通である。〔……〕作中人物は最初は確かに作者の分身――つまりは運命の仮託者でありながら、ある時点から自由の使徒として、現実法則に蹋蹐する作家に対する指弾者ともなるといった意味である。すべての作中人物は、それゆえ、「私であると同時に私ではない」というのが、一見曖昧に見えながら最も正しい作家と創造物との関係のあり方だろうと私は考える〉という一節が見える。小林秀雄『私小説論』（一九三五）は最後に、フローベールがいった「ボヴァリー夫人は私である」ということばを引いて閉じていたが、実際のそのフローベールの言は、すぐあとに「だが、私ではない」が付いていた。高橋和巳は、それを踏まえ、作家と主人公との矛盾・葛藤関係に言及したのだろう。ここには『悲の器』が一応は主人公の一人称視点をとっているが、そこには作家自身の主人公に対する「愛憎共存」が起こっていることを言っているのだが、高橋和己においてそれは、ロマンティック・イロニーのように考えられているらしい。というのも、彼はロマンティック・イロニーを『堕落』（一九六九）において駆使しているからだが、ここではそれを指摘するにとどめておく。

エッセイ「もう一つの劇」は、そのあとに、フランソワ・モーリアックの『小説家と作中人物』（*Le Romancier et ses personages*, 1933）より、小説家は〈敢えて創造者の称号を持っていることを自負する〉という一節を引き、作家が自分の信条や心情を語る小説、またモデルに忠実な肖像画を描く作家を考慮の外に置いていることを紹介し、それは〈おそらく正しい〉といい、〈与えられた人性に対する絶望的反抗としての文学表現〉は、模写や肖像画に止まるわけはないと述べている。日本のいわゆる「私小説」への拒絶を示し、小説の近代化の努力の途上として、モーリアックの方法を上げているわけだ。おそらくは、それによって、文藝賞の選評で野間宏や中村真一郎が示した小説の技法への疑義に対する答えとしたと想える。

高橋和己は『悲の器』でも、主人公の法学者の心の動きを内側から書こうとしてはいるのだが、そのふるまいの描き方が徹底せず、ストーリーの運びに合わせて作者の都合で動かしているところは否めない[12]。そのような登場人物の扱い方に、野間や中村の不満があったとわたしは推測しているが、あるいは高橋和己もそれに気づいて、モーリアックのいう「創造者の称号」を持ち出したとも想える。

というのは、「もう一つの劇」が書かれる前に、実は、野間宏と高橋和己の対談「現代文学の起点」(『文芸《ママ》』一九六六年四月号)が行われていたからだ。野間はそこで、フローベールの名を出しているが、高橋和己は、意外そうな反応をしただけだった。おそらく高橋和己は『ボヴァリー夫人』の表現を考察したことはなかったと想われる。『ボヴァリー夫人』は、主人公、エンマをはじめ、その夫、シャルル・ボヴァリーら多くの登場人物の内的視点が、客観的視点をも挟んで、次つぎに切り換えられながらストーリーが展開する。たとえば第二部〔2〕の終わり、神経を病んだエンマがシャルルとともにヨンヴィル・ラペー村の別荘を訪れた日、その夜、一人で、建物に足を踏み入れる場面では、ドアを開けると、塗り替えた漆喰の匂いの混じった湿った空気が彼女の肌を撫で、階段に足をかけるとギシッと音がし、そして見上げると月の光が踊り場の窓から差し込んでいる、という具合に、触覚・嗅覚・聴覚・視覚をリアルに書いて、彼女の内景を構成する方法をとっている。

もし、『ボヴァリー夫人』を考察の対象にしていたなら、表現形態に敏感な高橋和己が、このような方法に気づかないはずはないだろう。高橋は中国古代詩の技法について、行き届いた論文を重ね、その「六朝美文論」(一九六六)など、今日でも定評がある(隠喩の分析がハーバート・リードのメタファー論を参照しているため、二十世紀のそれに寄りすぎているきらいはあるが)。

そしてモーリアック的方法とロマンティック・イロニーが共存している点では、高橋和己と三島由紀夫の共通性があげられよう。さらに高橋和己も戦場へ赴かなかった戦中派で、また特攻の思想を内在的にとらえた短篇「散華」(一九六七)などものしていたこと、一九六〇年代後期の学生叛乱に関心を注いだことも二人に共通していたから、一九六九年秋の二人の対談は快調だったことを言い添えておこう(『潮』十一月号)。

他方、野間宏「暗い絵」(一九四六)の冒頭は、ベーテル・ブリューゲルの絵画をめぐって、圧迫してくる外界と圧迫される内面とを重ねる情景描写から始まる。それは彼が抽象観念を具体物で示すフランス象徴詩の表現方法から開拓した散文だった。野間宏は、高橋和己との対談では、それ以上、フローベールには言及していないが、彼は第三高等学校から京都帝大仏文科を卒業するまでのあいだに、フローベールが己れの信念や情熱の赴くところを貫くロマンチストであり、だが、小説を書くにあたっては対象の現実に即して書くことに徹し、その意味では科学的な方法をとったことなど、よく承知していたと思われる。ここで、少しだけ、昭和戦前期のフローベールの世界観や社会観の受容に寄っておく。

当時から、フランス語が読めない人でも、フローベールの『ジョルジュ・サンドへの書簡』を中村光夫が翻訳しており、フローベールの考えのおよそは把握できた。サント・ブーヴが自分のことをよく知らずに、まちがった風評をふりまいているといい、したがって『ボヴァリー夫人』を心理解剖に喩え、フローベールが外科医の息子だったからと評したことなども、フロベール自身、まったく馬鹿にしていたことや(一八六九年二月二日付)、ラマルキズムが浸透していたフランスで、エルンスト・ヘッケル『自然創造史』(*Natürliche Schöpfungsgeschichte*, 1866)をドイツ語で読み、ダーウィンよりダーウィニスト(生存闘争による種の進化論者)であることなども見抜いていたことも(一八七四年七月三日付)[13]。そして、フローベールは、すでに一九四八年二月革命で諸勢力の葛藤をよく知っており、その前後の時期のパリを舞台にした『感情教育』(*L'Éducation sentimentale*, 1869)においても、その動きを突き放して観察している。

二十世紀後半、フランスでフローベールについての研究も盛んだった。二十一世紀に入って新たに編まれ書簡集に加えられたジョルジュ・サンド宛の手紙の次の一節に、彼の考えがより明らかにされた[14]。モーリアックとの方法上のちがいが露わになるので引いておく。

それにわたしは心のなかの何かを紙の上に表すことに度しがたい嫌悪を感じるのです――わたし自身、小説家というものは、何につけてであれ、自分の意見を表明する権利を持たないとさえ思っています。神が自分の意見を述べたこと、そのようなことがかつてあったでしょうか?

Et puis j'éprouve une répulsion invincible à mettre sur le papier quelque chose de mon cœur. ---- Je trouve même qu'un romcncier n'a pas le droit d'exprimer son opinion sur quoi que ce soit. Est-ce que le bon Dieu l'a jamais dite, son opinion ?

（一八六六年六月二十五日、二十六日付）[15]

ここでフローベールは、作家を神に擬しているが、早くからバルーフ・ド・スピノザに傾倒する汎神論者で、自然には神が遍在していると考えており、それゆえ、芸術は自然と同様であるべきだという信念もかたちづくられていた。

芸術家は、その作品のなかで、被造物における神のように、姿を隠しつつ、全能でなければならない。いたるところに感じられ、しかも姿を現してはならないのだ。

L'artiste doit être dans son œuvre comme Dieu dans la création, invisible et tout-puissant ; qu'on le sente partout, mais qu'on ne le voie pas.

（ロワイエ・シャンピー宛、一九五七年三月十七日付）[16]

つまり、フローベールにとっては、創造主の立場に立つことと、作家は自身の考えを表明することなく、現象のありのままの表象ないし再現（représenter）することと同義であり、登場人物も、その内側に即して書くという方法が採られたのである。他方、人間の活動とは無縁に自然が存在していることを示すことにもなった。

野間宏が現代小説の人称や視点についていうとき、若きジャン＝ポール・サルトルの『モーリアック氏と自由』（*M. François Mauriac et sa liberté*, 1933）を念頭に置いていることは、彼の『サルトル論』（一九六六）の最初の一章に明らかである。若きサルトルは、モーリアックの『小説家とその作中人物論』（*Le Romancier et ses personages*, 1933）などに示された方法の曖昧さの一つとして、登場人物の「内的独白」が、三人称視点から判断されていることがあることを指摘し、作家は創造主の視点を降り、内的独白にせよ、描写にせよ、視点人物の立場に限定すべきだと主張した。たとえばモーリアックの『夜の終わり』（*La fin de la nuit*, 1935）のなかから「彼女は自分のうそを意識せざるをえなかった。しかし彼女はこのうそに安住し平然としていた」という一節をあげて、作者がいわば神の視点から人物像を作っていると指摘している。この指摘はのち、第二次世界大戦後。一九四五年十月、サルトルのパリでの講演「実存主義とはヒューマニズムである」（L'existentialisme est un humanism）の冒頭で「実存は本質に先立つ」（l'existence précède l'essence）と宣言し、「実存」の概念をキリスト教神学のみならず、世界の本質を措定する観念論一般に対するものに置き換えたことにも、さらには唯物論への接近にも繋がってゆく。

ここで野間宏の「全体小説」の概念についてもふれておこう。野間は、その出発期に小説における人間像の提示の仕方をアンドレ・ジィドの作品を検討して「魂と社会と肉体の結合」と説き（一九四七、『新日本文学』六月第七号）、「サルトルの小説論と想像力論」（一九六七）で、それを登場人物の「心理と肉体と社会性の一元的統一」を目指すことにより、「作中人物の自由と作者の想像力のぶつかり合い」が生じると定式化した。登場人物の意識のリアリズムを追及してゆくと、作家の意図の支配から外れてゆき、想像力の展開のなかで「ぶつかりあい」が起こるという意味である。それが彼のいう「全体小説」の方法だった。高橋和己のいう登場人物に対する作家の愛憎とやや似ているが、感情の問題ではない。

野間宏の用いる「全体小説」の語は、サルトルの"roman total"を借りていることは、その『サルトル論』に明らかだが、実際のところ、サルトルは、その語をジェイムズ・ジョイス『ユリシーズ』(*Ulysses*, 1922）で、神話のストーリーを下敷きに、対話や会話、幻想や神秘的瞑想、自動筆記の手法、歴史的過去の再創造や思索の演劇化や抒情詩化などなどのスタイルが総合的に用いられているという意味で用いており[17]、その間に齟齬があった。だが、それは野間宏が表現形態に意識的でなかったからではない。野間宏『青年の輪』に、たとえば単行本で二頁くらいにわたる接吻の場面があるが、これは映画のスローモーションを意識のリアリズムに応用した、彼独自の表現の開発だった。

中村真一郎は、戦後、それほど経っていない時期に、志賀直哉の『暗夜行路』の最後の章（一九三七）で、視点人物が時任健作から、その妻に入れ替わることを問題にしていた。語り手が人事不省に陥っているのだから、その最期を書こうと思えば、看取る者の視点に転換して語るしかないのだが、いまにして思えば、それは『モーリアック氏と自由』におけるサルトルの提起を踏まえて、一人称視点に徹していないことを問題にしようとしたのではなかったか。

中村真一郎『現代小説の世界――西欧二〇世紀の方法』（講談社現代新書、一九六九）は、二十世紀の欧米の小説の方法の革新のおよそを概説し、フランスのヌーボーロマンにもふれたのち、その最後に、フィリップ・ソレルス『公園』(*Le Parc*, 1961）とルイ＝ルネ・デ・フォレの『おしゃべり』(*Le Bavard*, 1946）を対比し、ストーリー性の破壊の方向に向かう方法を論じ、またソレルスの『ドラマ』(*Drama*, 1965)はジィド『贋金つくり』を「この小説を書く小説」にまで発展させていることを示唆するなど、斬新で啓発的な仕事だった。だが、一般向けの連続講演を編集者がまとめたもので、たとえば〔序・小説の方法とは何か〕で、十九世紀の小説の方法を完成させた作家としてフローベールをあげ、それに対してプルーストとジョイスが徹底的に批判してそれぞれの方法を開発したと述べている。

フローベールを小説の方法を意識的に追求し、対象に即して書くことを追求した作家と見るのはよいとしても、オノレ・ド・バルザックとエミール・ゾラのあいだに置いて、その方法を、神の視点に立つ「客観的リアリズム」と称して済ませているのは、今日から見ると、鷹揚にすぎるといわざるをえない。プルーストが徹底的に逆らったのは、サント＝ブーヴで（'Contres Sainte-Benve'）、その反撥の仕方には、先にふれたフローベールのサント＝ブーヴ批判と一脈通うところもあったことなどについても言っておかなくてはならないだろう。

だが、実のところ、中村真一郎自身、神の視点を完全に捨てているわけではない。『死の影の下に』五部作は、城栄の見聞の範囲外で進行した登場人物たちの命運を書いた外編と称する中篇二つ「檻」「雪」をもっている。城栄の一人称視点のうちに入らなかった物語の展開を作家が放置することなく、主要登場人物のそれぞれを視点人物として、いわば進行した出来事の一部始終を示していることになる。(18) このような方法をとることによって、語りに意識のリアリティーを保証しながら、作品の時空の創造者という作家の地位も保っていることになろう。この制作態度は比較的晩年の『仮面と欲望』四部作（一九九二―九六）でも変わりない特徴である。これもまた他の日本の現代小説には類例のない特徴である（後述）。

中村真一郎はその書で、「全体小説」を野間宏とほぼ同じ意味で用いている。中村が人間の全体性を意識のリアリズムとその分析によって追究していることは「人間精神の諸領域の研究」シリーズなどにも顕著に見られ、野間宏と互いに了解しあう仲だった。それはのち、中村真一郎『冬』（一九八四）をめぐる野間宏の書評にふれる機会に明らかになろう。

また、小説を書く小説もソレルスの『ドラマ』が究極のものではなかった。日本では、一九三五年を前後する時期に石川淳や太宰治らが饒舌体と併せることで、すでに「この小説を書く小説」形態を開拓していた（後述）。最近では、アメリカのデイヴィッド・ゴードン『二流小説家』（*The Serialist*, 2010）のように、安手のシリーズもの作家が巻き込まれた事件に翻弄されながら、それを小説に書いてゆく過程をミステリーに展開した。日本では最近の中島京子『夢見る帝国図書館』（二〇一九）が帝国図書館が蓄積していた記憶をファンタジーに展開しつつ、その「夢見る帝国図書館」という小説の構想を語り手にもたらした老婆の謎を解くミステリーじかけと二重構造をとっている。

「私小説」をめぐる論議の混乱

一九六〇年代末、中村真一郎が『現代小説の世界――西欧二〇世紀の方法』が西欧十九世紀の「客観的リアリズム」の実際へ踏み込むことなく、二十世紀の前衛的な小説方法の開拓について啓発的論議を展開していたことは、当時の日本の文芸ジャーナリズムにおける小説の方法をめぐる論議の水準をよく反映していたともいえよう。先に三島由紀夫が『文藝』の担当編集者の坂本一亀に宛てて、『仮面の告白』を文壇的な意味での「私小説」ではなく、告白には仮面（虚構）が伴なうにせよ、自分の場合は「肉付きの仮面」だといったことにふれておいた。いずれにせよ、「私小説」は「仮面の告白」にほかならないという理解だった。

それに対して、高橋和己は日本の「私小説」を前近代的と見なしていた。これにはロマン主義を近代的とする立場から、「私小説」を狭い文壇の前近代的な精神風土によって歪んだ「自然主義」のように論じた中村光夫『日本の近代小説』（岩波新書、一九五四）などの議論もはたらいていよう。これは、明治期における自然科学の受容や、明治末期の「自然主義」文学の流行――それを標榜した作家の間にまったく「自然主義」について共通理解がなかったにもかかわらず、人間の本性を性欲と見る思想のようにジャーナリズムで喧伝され、すぐに廃れた――によって、対象的自然の概念がはじめてつくられたかのように考えた戦後の風潮に対抗しようとしたところに倒錯の根がある。[19]

とはいえ、これも、それなりの前史をもっている。一九二〇年ころ、宇野浩二が、志賀直哉「城の崎にて」（一九一七）のように主人公＝語り手の人物造形をせずに、出来事についての作家の感想を直接語る形式は小説とは認められないと指弾していたが（実際、イギリスならエッセイに分類される形式で、日本でも随筆と入り混じって展開した）、のち『私小説』私見」（一九二五）で、それを極めて特殊な「私小説」と認めて「心境小説」と呼び、芭蕉の世界に寄せて論じたことや、横光利一「純粋小説論」の提起に対して（後述）、小林秀雄が「私小説論」（ともに一九三五）で、「私小説」の問題は小説技法より精神風土の問題だとして、「私小説」の隆盛は実証主義が浸透せず、〈要らない肥料が多すぎた〉と日本的精神風土の問題と論じた。これが中村光夫の戦後の議論に響いたのである。さらには「心境小説」の隆盛を「自照文学」ととらえた池田亀鑑によって『平安女流日記文学』（一九二七）という新ジャンルが発明されると、逆にそれを「私小説」の淵源のように見なした舟橋聖一「私小説とテーマ小説」（一九三五）などが重なった（「日記文学」は南北朝期の「竹むきが記」を最後に途絶えるが、明治期までの空白を『奥の細道』など紀行文で埋める見解が今日でも行われている[20]。

そして横光利一「純粋小説」論は、アンドレ・ジィドが長篇『贋金づくり』(*Les Faux-monnayeurs*, 1925)で、作家の立てている小説の構想が彼の日常生活によって変化してゆくさまを書いていること、またジィドがドストエフスキーが偶然性を多用していることを論じていることを参照して、「純文学」(私小説)にして、偶然を導き入れ、意外性に富んだ「通俗小説」(当代風俗小説)の形態を「純粋小説」と呼び、また語り手とは別に作家自身が直接、世界観を開陳する「四人称」なるものを提起するものだった。

ジィドは、早くも十九世紀のうちに、青年の小説の草稿とその日常生活とが併行して展開する『パリュード』(*Paludes*, 1895)を試作しており、その小林秀雄による翻訳は一九二八年になされていたし、ライナー・マリア・リルケがパリでの感想断片をまとめた『マルテの手記』(*Die Aufzeichnungen des Malte Laurids Brigge*, 1910)は一九三四年に堀辰雄が詩誌『四季』に翻訳連載を開始するなど[21]、作家の意識の上に成り立つ西欧二十世紀小説の新しい試みの紹介も進んでいた。

そして一九三五年五月には、石川淳「佳人」、太宰治「道化の華」という二つの「この小説を書く小説」が登場した。石川淳の場合は、自我の壊乱に見舞われた知識青年の内面を自己戯画化しながら、書き付けたことばが次のことばを生んでゆくような形態をとった。折から左翼からの転向が雪崩を打って進行する季節に、たとえば中野重治は、翌年、小説を書こうとしても収拾のつかない心理状態を短篇「小説の書けぬ小説家」(一九三六)に書いたのだった。太宰治の場合は、「葉」(一九三四)に旧作「哀蚊」を引用し、ノート断片なども散らし、茶碗にたくさん浮かぶ茶の泡に映る自身の顔に喩えたことを皮切りに、草稿断片からストーリーが展開したり、来簡を編んだりと多様な形態の自画像を描くことを試みていった。また永井荷風が一九三七年に『東京朝日新聞』に連載した『濹東奇譚』は、荷風を彷彿させる作家が玉の井の私娼と馴染みになり、別れるまでのいきさつを書くものだが、彼が書いている小説「失踪」が小説の途中で失踪してしまうのは、『贋金づくり』のパロディーを想わせよう。これら海外の作品の紹介を含め、作家の体験談が実にさまざまな形式で書かれる動きは、そのとき、その場に限らない想像を挟んだり、架空の設定で作家自身の経験を語ってみせたりするものなど、多彩な「私小説」形式の展開を促した[22]。

このように見てくると、中村真一郎の戦後発表の短篇「二つの手帖から」(『近代文学』一九四七年一二月号、のち、「転生」)では、戦中に狂気に見舞われ、自殺した若者のノート断片を編んだ形式がとられ、また他の短篇も断片の羅列的なスタイルが多いことには、一九二〇―三〇年代のモダニズム小説の隆盛期のそれを受けていることが了解されよう。そして『死の影の下に』五部作で、第一部では記憶のはたらきを自己分析する叙述を重んじ、第二部『シオンの娘等』では語り手のノートや書簡を駆使し、第三部『愛神と死神と』では城栄の日記体、第四部『魂の夜の中を』では視点人物を目まぐるしく変え、また第五部『魂の夜のなかを』では、同じ日に主要登場人物に進行する事態を併行して書くなどさまざまスタイルを用いて長篇を紡いだことにも、一九三〇年代後半からのさまざまな私小説スタイルの試みから示唆を受けていたことはまちがいないだろう。

中村真一郎は、リルケ『マルテの手記』やジィド『贋金づくり』を「ノートの出てくる小説」と見ていたが、それはしかし、一九三五年頃の石川淳や太宰治らの小説を書きながら小説を進展させてゆく作風を意識したものではなかった。中村真一郎らが第一高等学校の講演会に横光利一を招いたのは、「純粋小説論」ののちのことだったが、その後、中村真一郎は東京帝大文学部フランス文学科の学生のとき、堀辰雄に師事し、堀が親炙していたリルケやプルーストに接近していったという成り行きである。堀辰雄が意識のはたらきを書くことに向かう芽は、早くも彼の東京帝大国文科の卒業論文「芥川龍之介論――芸術家としての彼を論ず」（一九二九）に見てとることができる。それは、当時の大方の批評に逆らい、芥川龍之介が晩年、狂気の意識を内在的に記したヨハン・アウグスト・ストリンドベリイに示唆を受けて「歯車」（一九二七）などに向かった仕事に頂点を見る姿勢を露わにしていた。つまり中村真一郎の場合、意識のリアリズムへの関心が先行していて、それを語り手が分析するために、そのノートを作中に導入するのである。中村は自身の姿勢を形式主義というが、その含意の一つには、あらかじめ構成された世界を実現してゆくことを含んでいると想われる。中村はいわば即興的にペンの先からあふれ出ることばがことばを生んでゆくかのように文章を展開する書き方はとらない。彼がとめどなくペンが走ることを警戒しなくてはならないのは、語り手の意識の変容を書き留めるためには、作家自身の意識の動きに予め方向を与えておかなくてはならず、ディテールの変更はあっても、形式枠を必要とするという関係であろう。

中村真一郎と能

中村真一郎『死の影の下に』五部作には、一カ所だけ、実在の人物が実名で登場する。『シオンの娘等』〔29〕で、城栄が高市清から能の切符をもらい、能楽堂で「経政」を見る場面に、『暗夜行路』の作者、志賀氏が登場する。〈西洋人のように洋服がよく似合う、姿勢のよさ〉がいわれている。歴史小説を除けば、小説中に実名を登場させるのは欧米でも中国でもまずないが、日本では徳田秋声が近親者を実名で登場させたことが知られる。草稿や書簡類を用いて「私小説」形式の多彩化を図った太宰治は「狂言の神」(一九三六)で、自ら描写を禁じ、深田久弥を実名で登場させていた。が、『シオンの娘等』の場合は、九段の能楽堂[23]、そして志賀直哉という固有名詞を出すことは、作品の時空のリアリティーを実際の年代と場所に繫ぎとめる役割を果たしている。一九四一年四月十三日、日ソ中立条約締結ののち、五—六月のこととして書かれており、第三部以下の戦時下の時局とともに進行するストーリーに一種の時間的リアリティー(アクチュアリティー)をもたせていよう。

ただし、観世栄夫『華より幽へ　観世榮夫自伝』(白水社、二〇〇七)中の回想では、戦時下、志賀直哉は銕仙会の公演をよく観に来ていたとある。『シオンの娘等』の能楽堂の記述は、あるいは実際の時と場所、演目と異なる可能性があるかもしれない。この演目のシテの平経政は、琵琶に長じた公達で、その魂魄が供養の法事に誘われ出ても、修羅の姿を見せることを恥じて、自ら灯火に身を投げ消える。この選択には城栄の心境を示す役割を負わせている可能性も否定できない。

そこには〈能はフランス古典劇は勿論ギリシャ劇にも優って、極度に単純化された装置を前にして、此岸と彼岸とを、生と死とを、形而下と形而上とを一つに集中して表現する〉という西洋古典の専門家、城栄の「教養」が記されており、城は、その深き感興にうたれ、世俗を離れるために、三年ぶりに高原に身を移すからである。

一九〇八年、元大名家に秘されていた世阿弥の能楽書が地理学者・吉田東伍によって公表され、それまで「国文学史」では、僧侶の手になるとされていた能の研究が進展しはじめた[24]。日本の洋楽の振興に尽くしたフランス人宣教師ノエル・ペリが「特殊なる原始的戯曲」(『能楽』一九一三年七月号)で、能を多神教世界の宗教芸能を呼ぶ「表象主義《サンボリスム》」と規定し、以降、ギリシャ劇などとの比較も進んだ。とりわけ夢幻能では、戦場で殺戮を繰り返した武将や殺生を生業とする鵜匠の亡霊が現れ、場面が転じて、生前の姿で舞う展開が、生と死の時空を超える演芸と評されるようになっていた。一九三五年前後に「侘び・寂び」や幽玄の中世美学をもって「日本的なるもの」とする風潮が高まり、世阿弥の「幽玄」も注目を集めた。新作能の機運も起こり、石川淳の長篇『普賢』(一九三七)は、その一端を取り入れている。ただし、石川淳は、能は室町時代に完成したもの、新作はその破壊にしかならないという見解だった（「能の新作について」一九三七）。

中村真一郎が戦後、初期五部作を一年一冊、刊行する合間に文芸雑誌に短篇を相次いで発表していったこと、それらに五部作中の記憶の変容の小テーマの変奏やモダニズム風の断片構成の作品が多いことなどは、すでにふれた。初期五部作とその外篇の刊行を一九四八年で終えたのち、翌一九四九年に書き下ろした長篇小説『夜半楽』のタイトルは、雅楽から採られている。唐の玄宗の作とされる曲で、九世紀、宮廷の夜の宴の席から参会者が退出する際に奏せられたと伝えられる。戦後日本の三十代の銀行マンを主人公＝視点人物とし、彼の高等学校の恩師の死去とともに、かつての女友達とその教授の娘が彼の前に姿を現し、学生時代に見舞われた激情の記憶が蘇り、その娘がもたらした恩師の手記から彼が翻弄された四角関係の一部始終を知るに至り、そのドラマの余波が完全に消え失せるまでを追う。対米英戦争以前に舞台をとり、よく構成された壮年と青年男女のあいだの恋愛心理ドラマという趣の作品で、これにより、中村真一郎の文壇的地位も安定したと想われる。

そして、一九五〇年の短篇に能のテーマが現れる。「デモンの孤独」（一九五〇）がそれで、冒頭、人間の想像力が孕む神々や妖精、ミトスへの郷愁をテーマに掲げてはじまるが、酒呑童子を退治したことで知られる源頼光を主人公に、その引退後の老齢の心境を語る。かつて鬼を信頼させ、酒を酌み交わし、酔わせて打ち取った自分たちの知恵が、それと変わらぬ知恵によって己が失脚させられたと悟り、鬼が最後まで失わずにいた汚れのない真心、それを裏切ったことを悔いる。作者は失脚させられた頼光の孤独と滅ぼされてゆく者の孤独とを重ねてみせたのである。

作家は鬼、すなわち日本のデモン退治を仏教による異教排撃の思想によるものとしているが、実際、謡曲「大江山」は、酒呑童子（シテ）がもともと住んでいた比叡山を追われたと語っている。そして、全国を流浪したのち、故郷と都が忘れられずに〈都に程近い山を隠栖の場と決めることになった〉とし、それを伝説の丹波の大江山でも伊吹山でもなく、老いの坂のある大枝山としている。謡曲で酒呑童子は「都のあたり程近き　この大江の山に籠り居」るといい、「丹後丹波の境なる。鬼が城も程近し」などと語るところからの推測である。これは、いまではほぼ定説に近くなっているが、この時期にこのように唱えた人は、まだいなかったと想われる。そして邪心のない鬼は〈人間たちの歓楽を眺めることで、その幸福に関与たかった〉のだが、〈時には、女の移り香などに酔い痴れたように立ち尽くし、人間にその空けた姿を見現わされ、それか、この魔物が、夜な夜な都大路に現れて、女を奪うと云うような、恐ろしい流説のもととなった〉と説いている。

この素直で邪心のない鬼のイメージは、かつて堀辰雄が『大和路・信濃露』のなかで、次のように語っていたことを想いおこさせよう。

日本に仏教が渡来してきて、その新しい宗教に次第に追いやられながら、遠い田舎のほうへと流浪の旅をつづけだす、古代の小さな神々の侘しいうしろ姿を一つの物語にして描いてみたい。

折口信夫の『源氏物語』論や民俗学に親しみ、『死者の書』の雑誌掲載版を読んで大和路を旅した堀辰雄の胸に宿った、それは夢だった。[25] 堀はそれを果たせなかったが、「デモンの孤独」は、戦後、折口信夫とも交流があった中村真一郎がその師の夢を実現した作品といってよいかもしれない。そして、この短篇は〈これが、その生涯の終りに、嘗て己れの倒したデモンの、一身に荷っていた孤独を、突然に理解するに至った、老いたる英雄の物語である。人間の想像力が、ミトスの世界から脱却し始める、最初の頃の物語である。こうした話は、我々の中世末期の宗教的な演劇、能楽の中に、幾つかその永遠の面影を停めている。……〉と結んでいる。

「デモンの孤独」は『女性改造』四月号に掲載されたが、翌月『婦人画報』に寄せた「魔女の愛」も一種のメルヘンで、古代の奈良の都の春、丘の上に若い女に変身して降り立った魔女が士大夫の若者を恋するが、退けられる話。『礼記』大学篇から「修身斉家治国平天下」が引かれ、若者の志を駆り立てはするが、実際に魔女を追い払うのは見知らぬ神が現れて刃を閃かせてのこと。これは、いかなる寓意を潜めているのか。特定の能も伝承も下敷きはなく、考証からも自由に離れ、魔女が妖精たちを引き連れているところなど、ギリシャ神の趣も匂う。この自由度の高さは文芸色の強くない掲載誌の性格によるものだろう。

その翌月、『新女苑』五月号に掲載された「情熱の幸福」は、図書館の司書で、昼休みに公園の池の傍で独り空想の世界に遊び、〈心の底に眠っている、もっと生き生きした私を取り戻す〉時間をもつことを歓びにしている、いわば観念論の世界に生きている男のはなし。途中「お前が世界を見たいなら／眼をお閉じ、ロズモンドよ」というジャン・ジロドゥの『シュザンヌと太平洋』の一節が引かれてもいる。[26]

彼はあるとき、いつか能舞台で見た〈時間を超越した老人〉に想いをはせる。場所は〈九州のある離宮だ、と地謡〈合唱隊〉が告げていたような気がする〉と彼は思い、〈庭師かなにかの老人〉が池の傍から管弦の遊びをする〈貴女〉を垣間見て恋に狂い、〈喜劇の主人公〉となった話とあるので、彼の見た能は筑前の国の皇居を舞台にした「綾鼓」と知れる。老人の懸想を知った女御から老人は鳴らない鼓を渡され、その鼓の音が池面を伝って聞こえたら、姿を見せようと誘われて、恋の妄執に取り憑かれた老人が女御を一目見たさに鳴らない鼓を打ち続け、嘲られたことに絶望して池に身を投げ、怨霊となって女御に復讐する話である。

この司書の男は、庭師の老人は自分と同じように〈自己脱却による魂の平和を求めてだったにちがいない〉と想い、だが、〈彼は、「永遠が遂に彼を彼の本質に変形する[27]」に先立って、自らを悲劇の主人公にすることを選んだ〉と考える。また、老人に鳴らない鼓を渡したのは、侍女どもが退屈を紛らすための戯れにしたこととストーリーを読み替えてもいる。職場へ帰り、かつて同僚が、その謡曲を下層民の支配層への執念の恐ろしさをうたったものと解釈していたことを想い出すが、その会話は〈僧侶階級は、又、支配階級の不安を、宗教的に解脱させ、怨霊を信仰によって成仏させて救う、という風に解決してやったんだな、しかし、現代の我々には、断じて……〉と続いていた。作者は左翼人民史観の典型的な解釈を掲げて、この司書の観念論的解釈を相対化してみせる。

だが、謡曲「綾鼓」は、老人の怨霊が離宮の庭の池を赤い血の色に染めるすさまじい復讐劇で終わっている。怨霊が成仏するのは、世阿弥が「綾鼓」を改作した「恋の重荷」の方だ。こちらは、女御が課したのは、とうてい持ち上がらない重さの「恋の重荷」を背負って庭を百回も千回もまわることだった。老人は試みて力尽きて死ぬ。女御と臣下は老人の死を悼むが、怨霊は女御の体を動かなくして恨みごとを浴びせる。が、最後は悪心を翻して女御の守護霊となって姿を消す。世阿弥は当代流行の「煩悩即菩提」の考えに染まっており、その考えによって改作したのである。

司書の男と同僚とでは見た演目がちがっていた。「恋の重荷」は、白河院の御所が舞台で、老人はその召使と設定がちがう。池も出てこない。作家は、このちがいを表に出さすに、最後、司書の男の考えを、老人が鼓を打ち続ける情熱、その祈りに似た純粋さにおいて幸福が探り当てられていた、というところに落着させている。それがタイトルの由来である。

なお、中村真一郎はのち、「恋の重荷」（一九六一）という中篇小説を書いているが、妻子ある主人公＝視点人物が恋によって二重生活を強いられ、追い詰められてゆく過程を書いたもので、タイトルだけを謡曲から借りている。

これらの短篇が書かれた一九五〇年、中村真一郎は初期五部作の第三部『魂の夜の中を』を三回に分けて『人間』一月号、『群像』四月号、『文藝』六月号に分載し、書き足して翌年六月、河出書房より刊行している。

三島由紀夫『近代能楽集』より

三島由紀夫は、芥川龍之介「地獄変」の歌舞伎化を手掛けて以降、明治から昭和初期までの新歌舞伎より遡って、江戸時代の様式性を模した独自の「三島歌舞伎」と異名をとる新作歌舞伎六篇を遺したことも知られるが、それとは別に、能〈謡曲〉にヒントをえたモチーフによる対話中心の新劇台本を最終的に八作書いた（『近代能楽集』）。海外でも重ねて上演されたことは広く知られている。三島自身『近代能楽集』（一九五六）「あとがき」で〈能楽の自由な空間と時間の処理や、露《あら》はな形而上学的主題などを、そのまま現代に生かすために、シテュエーションのはうを現代化したのである〉と述べている。そして、三島は日本に独自の宗教的詩劇から〈露はな形而上学的主題〉を抜き出し、謡（声楽）も囃子（楽曲）も取り払い、対話中心の新劇に仕立てなおした。

先にもふれたが、多くの夢幻能では、ほとんど単なる空間に近い舞台の上で、霊魂が語る場面が前世の場面に入れ替わる。いわば時間の進行は逆転するわけで、それらを併せて三島は〈自由な空間と時間の処理〉と読み替え、その〈形而上学的主題〉として、アイロニカルな生と死の葛藤と反転を駆使しやすい曲目を選んで、歿後と前世に限らず、時空を自在に展開した。それは同じく舞台に現代人を登場させても、離島を舞台にした「潮騒」（一九五四）のような作品を別にすれば、戦後の当代風俗のリアリズムを守る彼の現代小説より、はるかに自由に想像力を発揮しうるジャンルになった。

一九五一年の作品に「綾の鼓」がある。ビルの三階にある法律事務所で働く老小間使・本田岩吉が真向いのビルの同じ階の洋裁店を訪れる客・華子に懸想し、恋文を百通、届けつづけ、彼女の取り巻き連中から、この鼓の音が窓越しに届けば華子が想いを叶えるという手紙を添えて、鳴らない鼓を渡される。岩吉は鼓を打つが連中から嘲られ、悪戯を仕掛けられたことを知って、ビルから身投げして死ぬ。一週間後、岩吉の亡霊が華子を呼び出し、鼓を打って聞かせる。だが、それをあばずれ女の華子は「聞こえません」と無視し、亡霊は九十九回打ったところで諦めて消え去る。読り残された華子は「あたくしにもきこえたのに、あと一回、打ちさえすれば」とぽつんと言う。

そのモチーフは、愛される女が亡霊さえも誑《たぶら》かす驕慢さを突き出すことに尽きている。それはよく伝わる。原作の亡霊のもつ宗教性を徹底的に換骨奪胎する着想には驚かされる。華子のセリフ、鼓を「あと一回打ちさえすれば」は、美人で知られた小野小町が懸想した深草の少将深草の少将に百夜通えば願いをかなえると約束したが、少将は九十九夜通って歿してしまったという伝説を踏まえたもの(28)。

さて、そこで、海外の観客を含めて感心を誘ったとされる三島の「卒塔婆小町」だが、「綾の鼓」の翌年、一九五二年の作だった。先の深草の少将の百夜通いの伝説を題材にした観阿弥の作。舞台は乞食の老婆（シテ）が朽ち木の卒塔婆に腰かけているのを、高野山の僧の一行（ワキとワキツレ）が見とがめ、諭そうとするのに対し、老婆が仏の慈悲はもっと深いものとやり返すことに始まり、これはただものではないと感じた僧とのやりとりが続く。老婆が和歌を詠んで小町の正体を示し、老いさらばえた現在を嘆くうち、取り憑いていた少将の魂魄が暴れ出して百夜通いの様子を狂乱して舞わせる場面を頂点に、狂乱から醒めた小町が少将の供養を行うのが人の道と悟って終わる。原作の芯をなすのは、言い寄ってきた男を愚弄して死なせた女が、その罪を悟るまでのストーリーだが、醜い老残の姿を晒している老婆が、かつて美貌と和歌の才能を誇った小野小町だったという現在と過去との対照性と、もう一つ、老婆の狂乱の舞に、小町にとりついた深草の少将の魂魄が現れる二重性とで組み立てられている。すでに「煩悩即菩提」は天台教学に満ち、『梁塵秘抄』が狂言綺語こそ真言《まこと》に通じる道とうたうように芸能もまた真言という二つの逆説的な原理によって裏打ちされた世界であってみれば、三島にとって、その間の論理をいかようにも変奏しうる装置だったともいえる。

三島は、舞台に、現代の夜の公園でモク拾いする老婆と詩人を登場させ、かつて鹿鳴館の舞踏会で美貌を誇った女と、彼女を見染めて、恋情を訴えられるなら命は惜しくないとまで想い染めた参謀本部の少将とが八十年後に蘇って対話する場面に移しかえた。三島由紀夫の自作解説には〈小町は、「生を超越せる生」、形而上学的生の権化である。詩人は肉惑的な生、現実と共に流転する生の権化である。小町には、決して敗北しないといふことの悲劇があり、詩人には、浪漫主義的な、「悲劇への意志」がある。二人の触れ合ひはこの種の誤解と、好奇心と軽侮をまじへた相互の憧れに基いてゐる〉（「卒塔婆小町演出覚え書」『新選現代戯曲5』河出書房、一九五三）とある。

つまり三島は、深草の少将の九十九夜通いに、己れの命と引き換えにしてもよいという恋情の「悲劇への意志」を仮託し、原曲の朽ち木の卒塔婆に腰掛ける老婆に永劫の若さを誇る驕慢さを見て取り、それに「生を超越せる生」を仮託して、夜の公園で身を寄せあう若い恋人たちなど現世の偽物とうそぶかせているわけだ。ここでも謡曲の「卒塔婆小町」の仏教色は完全に払拭され、三島自身の反語的芸術論の象徴劇に仕立て直されていることになる。つまり、なされているのは、中世の宗教芸能の破壊である。「目立て」も「やつし」も消えさり、その意味で、これらでは、三島由紀夫『金閣寺』の犯人が浄土を具現した金閣寺の美を滅ぼして己れの生を求めうるとしたのと大差ないことが行われているともいえよう。

そして、この小町の永劫の驕慢は、先の「綾の鼓」の華子の驕慢の拡張にほかならない。岩吉の亡霊は九十九回鼓を打って退散してしまったが、華子の最後のセリフは、聴きたかった百回目の音を聴けなかった無念を曝け出していたことになる。岩吉の亡霊が退散せず、百回目を打っても、さらに「あと一回」「あと一回」と待ちつづけてこそ、愛される女の永劫の驕慢さといえよう。

だが、そうであるなら、岩吉の亡霊は、次のように一人ごちることもできるだろう。「ええ、わたしもただただ鼓を打ちつづけていたいだけなのです」と。ここに中村真一郎「情熱の幸福」のモチーフを呼び出してみたのだが、岩吉がこのよう返せば、老いらくの恋の永劫回帰の形而上学が完成しよう。そこには、ついに終わらない芝居ができあがる。いや、亡霊の恋は終わらなくとも、終わらない芝居はない。いつまでも鼓が鳴り続けるだけの舞台に呆れた観客の最後の一人が席を立てば、そのとき、華子も岩吉も時空を超えた演技を終えて役者の身体に帰り、三島由紀夫『近代能楽集』のパロディー劇の幕がひっそりと降りるだろう。

いかなる者として死ぬか――三島由紀夫の場合

三島由紀夫『春の雪』『奔馬』(ともに一九六九)『暁の寺』(一九七〇)『天人五衰』(一九七一)の全四巻からなる『豊穣の海』四部作は、西洋近代とは異なる「世界解釈の小説」を目指して輪廻転生の物語を紡ごうとした。日本文化の伝統を承けた作家として世に残す最後で最大の仕事を目論んでいたことはまちがいないだろう。輪廻転生を軸として展開する『浜松中納言物語』(十一世紀半ばの成立と推定)には、唐を舞台にした部分が長くつづく。それに倣って、第三巻の第一部はタイとインドに舞台をとり、本多の仏教思想への傾倒、第二部は、日本人の生まれ変わりというタイの王女を主人公に、本多がその女性同性愛をのぞき見するシーンなどもちりばめている。各部ともテーマと主人公、スタイルもたがえた、一種の総合小説の計画だった。ただし、輪廻転生の観念は、本多繁邦という全巻を通して登場し、それぞれの主人公とかかわる人物の脳裏に、脇腹の三つの黒子を目印に物語が運ばれるしくみにほかならなかった。

生まれ変わりの考えは、世界各地に展開し、東洋に特殊なものではないが、とくに血縁間のそれが強い。インド哲学は生命の輪廻転生からの解脱を本義としており、それを受け継いだ仏教思想ももちろんそうである。そのなかに生じた一つの哲学である唯識は、そもそも脱我の状態に達するヨーガの修行を通して作られた認識＝存在論の体系であり、五官の感覚と認識の総体をいう識を併せて六識、それを消しても保持される自我の意識を末那《まな》識とし、そのベースをなして、しかし、意識に昇らないのが阿頼耶識とされる。阿頼耶識は、しばしば西洋近代、エデュアルト・ハルトマンが『無意識の哲学』（*Philosophie des Unbewußten*, 1869）で、すべての人間に普遍的なものとして考案した「無意識」、ないしは、個人の無意識の底にグスタフ・ユングが想定した「集合無意識」と類比される。たとえば鈴木大拙『禅と日本文化』（岩波新書、一九四八）〔第七章　禅と俳句——俳句の詩的霊感の基礎における禅的直覚〕では、次のように述べている。

「集合的無意識」とも「無意識一般」とも称せらるるもの、これがやや仏教の阿頼耶識《あらやしき》（Ālayavijñāna）の思想すなわち「蔵識」、「無没識」にあたる。この「蔵識」すなわち「無意識」の存在は実験的に明示することはできぬが、それを定めおくことは、意識の一般事実を説明する上に必要である。／心理学的にいうとこの阿頼耶識すなわち「集合意識」をわれわれの心的生活の基礎と見なすことができる。しかし、芸術的または宗教的生活の秘密を把握するために実在そのものに到達せんと思うときには、「宇宙的無意識」となすところのものを持たなければならぬ。「宇宙的無意識」は、創造性の原理、神の作業場であり、そこに宇宙の原動力が蔵せられる。

この引用の前半、大拙が「集合無意識」と「阿頼耶識」が〈やや似ている〉としているのは、ハルトマン『無意識の哲学』では無意識領域は人類に普遍的なものと想定されているのに対して、阿頼耶識は、個々人のもの、ないしは親から受け継いだものとされているからである。それゆえ唯識をベースにする法相宗では、総ての衆生を救済するはずの大乗仏教の一派であるにもかかわらず、成仏できない種というものを想定していた。鈴木大拙の場合は、阿頼耶識のさらに下層に「宇宙的無意識」なるものを想定する論理操作により、その東西思想のちがいを突破していた。この大拙に固有の操作がはたらいてか、阿頼耶識とハルトマンに発する無意識とを混同したり、同一視したりする風潮が今日まで続いている。(29)

だが、三島由紀夫の『豊穣の海』の構想における輪廻転生は、その点で、はじめから唯識とは無縁である。とりわけ第三巻で、日本人の生まれ変わりといい、松枝清顕の記憶を受け継ぐと本多が思い込むジン・ジャンが登場すると、とたんに空想物語めいてしまう。第三巻で、本多が戦中に勉強したとされる阿頼耶識は、刹那刹那の相は異なっても変転する世界そのもののように理解されており、その限りでは正しい理解だとしても、実際には、彼は敗戦後の焼け野原に立って、小説中の五官が捉えた現在世界の底にそれを感じたことになっている。小説中の本多には、阿頼耶識と無意識、ないし集合無意識とをアナロジーする考えは示されていないので、それはそれでよい。ところが、この長篇四部作の最後は、仏教思想を担うはずの尼門跡、聡子の口から、松枝清顕など知らない、すべてはそれぞれの心次第という相対主義の世界観が告げられ、本多に、この世は空無にすぎないという実感が訪れて終わる。

第四部で作家が当初の計画を大幅に変更し、本多自身に犯罪的行為を犯させたり、その主人公、安永透に「偽物」の疑いを担わせることにしたりした。とりわけ安永透という物語の基軸を破壊する役割を果たす人物を登場させることによって、全世界が頽落に向かう構想に転じたのは明らかだが、そのような設定変更が可能だったのも、輪廻転生の観念か本多繁邦の脳裏に宿ったものに過ぎなかったゆえである。たとえ安永透が「偽物」めいていただけであったとしても、「本来無一物」、一つとして独立したものはなく、実在はみな縁で繋がっていると考え、それを超える境地として「空」や「無」を説く「東洋思想の伝統」たる仏教的ニヒリズムも、阿頼耶識の観念も、輪廻転生からの解脱も忘れられ、つまりは仏教思想から離れて、ただ空漠たる観想をもって小説は終わっている。これは、当初の物語の構想の根幹をなしていた考えの否定にほかならず、作家にとっては物語全体の構想の破壊、自己破滅を意味しよう。

たとえば、フローベール『感情教育』が、フランス革命以降、十九世紀前半のフランス人が活きた物語を相対化し、最終的に空無化に導いたアイロニカルなしかけを、ジョルジュ・ルカーチは『小説の理論』(*Die Theorie des Romans*, 1920)で、幻滅に向かうロマンティシズムと呼んだ。だが、フローベールは、その空虚に帰したはずの時間のなかに、登場人物たちにとって、たとえ愚行にすぎなくとも、青春の記憶をよみがえらせ、充填してみせている。空しい空騒ぎの季節にすぎなくとも、そこに歓びがあったという記憶が伴なうのがフローベールのアイロニカルな世界像だった。

それに比すなら、『豊穣の海』と題された四巻は、アイロニカルな世界の二元性さえも喪失したところに独創性が認められよう。おそらく三島由紀夫は、情熱の記憶さえ蘇らすこともなく物語を終わらすことに、芸術に懸けてきた自身の総てを台無しにする歓びを覚えたことだろう。その逆説の逆説は、作家が対峙しつづけたはずの疎外されきった戦後日本の風潮、そして相対主義の蔓延に、彼自身が骨絡みにされてしまった姿を晒してみせたことになろう。[30] いかなる者として死ぬか、という課題は、三島にとっては、作品においてでなく、その作品の創造主たる作家という規定性において追求されていたともいえよう。

ただし、三島には、芸術のほかに残された領域があった。それは、日本文化の伝統なるものが社会党・共産党の左翼ナショナリズムの手に落ちるという危機感を示した「文化防衛論」（一九六九）の始末にかかわることだった。[31] それは一九六〇年代後期に国際的に学生叛乱が盛んになるなかで、とくに日本において顕著になった行動ラディカリズムに煽られ、大衆社会に衝撃を与えるパフォーマンスを演じることに向けられた。[32]「文化防衛論」では現行憲法の枠内で可能としていたことが、その枠を超えたのは、それゆえである。もっといえば、一九六九年十月二十一日、国際反戦デーの夜、警視庁が当初から騒乱罪の適用をチラつかせていた新宿争乱事件に煽られたからにほかならない。その夜、九時前、迷彩服に身を包んだ盾の会の小さな隊列が新宿駅東口広場の手前で立ち竦んでいたが、その脇で、人ごみに紛れるように立つ、ジャンパーを着た背の低い男の蒼白に近い顔は、引きつっていた。

そのときもあるいは三島は、物語を終焉させたのと同様、己れの一切を台無しにしてしまいたいという衝動に突きあげられていたかもしれない。いかなるものとして死ぬか、という彼自身のアイデンティティーに向けた問いの答えは、すでに芸術家としてのそれではなかった。そのとき、彼らはいったい何のために、新宿駅東口広場に向かって隊列を組んでいたのか。その日、わたしはレポを担当していたので、駅西側の様子を探るために、すぐにその場を離れたが、その訝しい思いは消えなかった。

いかなる者として死ぬか――中村真一郎の場合

中村真一郎の作品史において、『四季』四部作は、小説作家としていかに生きるかというアイデンティティーを懸けた探究だった。それが『冬』において完結したとき、野間宏は、次のように言いおいて、その書評「『冬』を中心において」（一九八五）をはじめている。

まことに傑作そのものと驚嘆するしかない小説が、出現した、という思いに私はひたりつづけている。これほどまでにも、以下に時が経ようとも、いささかも薄れることなく、この作品に備わっているものが、心の内深く、また同時にこの身のただなかまでも、まさに優れた芸術の内的持続力を証明しようとするかのように、浸透し続けるなどとは、これを読み終えるまで、予期することができなかったのである。[33]

この書評は、現代でも『源氏物語』の六条御息所のように、生霊に取り憑かれる人々がかなりいることを精神医学の現場を例証して示し、そして「宿世」という観念において、『源氏物語』とプルーストの『失われた時を求めて』を繋いだ中村真一郎の芸術家としての達成を、ジィドの『贋金づくり』やオルダス・ハックスリーの『恋愛対位法』(*Point Counter Point*, 1928)、また、三島由紀夫『豊穣の海』を〈はるかに越えた一種、言いがたい唐草模様のように絡み合った弁証法的な技法を備えている〉と称賛する。プルーストが『囚われの女』の中で、ベルゴットについて述べたなかに、前世の因縁という観念が見えることを指摘し、それがステファヌ・マラルメの仏教受容を媒介にして『源氏物語』のそれと結びつくことをいい、さらには中村真一郎がジィド『贋金づくり』とそのなかで展開すされる「贋金づくりの日記」との関係をもよく参照していることを述べ、その最後に、ジャン゠ピエール・リシャールが「構造的な透視図」について「問いゆきつつ全体化するもの」を提示していることを引用したジャック・デリダの言を示して閉じている。

短い書評のなかで、諸要素の論理的関係も論脈の乱れも、ものともせず、野間宏は、当代の国際的な文芸の課題に応えようとする彼自身の問題意識に中村真一郎『四季』四部作がよく応え、総てを一つの「構造的な透視図」におさめていることに驚愕している。つまりは一つの全体小説の達成ということに尽きるのだろうが、その驚愕のよってきたる所以は、いささか唐突に感じられるかもしれないが、野間宏自身、地球環境の変調を前にして、展開しはじめた分子生物学と取りくみ、しかし、うまく取り込むことができないままに、物理学・生物学・人間社会の関係を統合するような壮大な構図に挑戦しつづけていたことと無縁ではなかろう。[34]

だが、プルーストにおいて前世からの宿縁という観念は、あくまで比喩として語られているにすぎず、しかもそれは「重い義務」とかかわるものと考えられており、ケルトの神話のなかから飛び出してくるウサギとは縁つづきでなかった。それに比して、マラルメにおける前世の観念は、初期の詩「窓」(Les Fenêtres, 1966) では、罪の意識とは逆に「美の咲き誇る前世の空」と結びつけられていた。必ずしも仏教のそれに限らず、むしろ、仏教以前のインドの寓話の数かずのなかに彼が見出していたお伽話と類縁性が強かったように想われる。つまり、それらは必ずしも一つの「構造的な透視図」におさまるものではなかった。

中村真一郎自身は、のち、『四季』四部作の、いわば「構造的透視図」にあたることを〈私の個人としての魂がこの大きな宇宙の魂のなかに吸収されるという、私流のラマクリシュナ的体験を造形した〉と述べている。[35]それは慈母的な宇宙との合一体験による魂の平和への到達とも言い換えられるだろうが、そのような『冬』における宿世の観念は、『秋』で示されているように、カール・グスタフ・ユングの分析心理学における集合無意識の概念を媒介にして、自身の父方の先祖、小城主として戦国を生きた武将の理想主義と王朝貴族の末裔のそれとを重ねることによって探りあてたものだった。そのような観念連合が『源氏物語』とプルーストの世界の結び目を仮構していたことも否めない。

ただし、野間宏の書評のなかに、三島由紀夫『豊穣の海』が登場していたことは、輪廻転生の観念を用いて四部作を紡ごうとしたその企てが、中村真一郎が「宿世」の観念を鍵にして、『冬』を紡ぎ出したことと全く無縁ではなかったと想ってみてもよいだろう。それを対抗的意識ということは憚られるにしても、戦後文壇の一角に、何かしら唐草模様のような幻影が浮かんでいたことは否めない。

そして、いま、いかなるものとして死ぬか、という死に向けたアイデンティティーの構築の問題を中村真一郎作品史に尋ねるなら、そこに浮かびあがるのは『仮面と欲望』(一九九二)にはじまる四重奏四部作である。それは『四季』四部作を仕上げた作家が、そのしくみを〈裏返す〉という着想によって計画されたものだった。作家にとってそれは、小説の形式において十八世紀イギリスのサミュエル・リチャードソンによる書簡体やフランスのピエール・ド・マリヴォーによる回想風手記など〈小説的思考の源泉に帰ってみる〉ことであり、人生観においては、男性主人公は、あくまでも日本の歴史のなかを、混血の女性主人公にはデラシネ的人生を、それぞれに歩ませるという構想となった。

第一楽章『仮面と欲望』は、国際的経済情報を扱う会社をリタイアした後も活躍している七十歳ほどの男性と、財界の大立者である「会長」の愛人の一人で、会長の主催する社交クラブの運営を任されているスウェーデン人と日本人のあいだの混血の六十歳の女性との間の往復書簡で構成されている。社会的な地位も安定し、思慮分別を備え、身体的にも円熟した男女が互いの独立した人格を認め合い、他の相手との性愛も互いに隠さない間柄を保つことによって、性の快楽と魂の融合とを共有する親密な恋愛関係を続けている。第二楽章『時間の迷路』(一九九三)は、その二人の手記が交互に二篇ずつ展開し、それぞれの内外に起った変化を互いに考えるが、女性は新しい性愛の関係を日本人の天才的ピアニストの少年と、イタリア人の粗野だがたくましい青年の彫刻家ともちはじめ、男性の方も、少年ピアニストに欲望を覚えたり、心身に傷を受け、極端に性に臆病な東南アジア人らしい国籍不明の少女に惹かれる心が生じたりする。だが、そればかりでなく、彼は、日中戦争期にマルクス主義に傾斜し、検挙されたことがあり、「非国民」と自身を規定したまま、戦後も国際経済情報のデータを相手に生活の資を稼いできただけだった自分を振り返り、いかなる者として死ぬか、というアイデンティティーの可能性を探ろうとしはじめる。

ここにはかつて、中村真一郎が自身の神経症とその電気ショック療法によって失った記憶を回復する試みの経験に基づき、紡ぎ出していった『四季』四部作の『冬』で獲得した王朝貴族の末裔という幻影とは異なる、もう一つのアイデンティティーの幻影が登場しているともいえよう。この七十歳前後の男性の祖父は、幕臣だったにもかかわらず、明治政府の高官を勤めた人で、日露戦争の将軍職を務めた息子の世代を私利私欲に走る者たちと感じて、むしろ左翼に走った孫の彼を憂国の士のように認めていた。それゆえ彼はその祖父の庇護を受けていたのだった。だが、彼は、いまだに「非国民」のレッテルを自分から剥しておらず、「亡命者」のような生き方のまま終わるか、日本を捨て、いわば世界市民の一人、コスモポリタンとして死ぬことを選ぶか、という岐路に立たされている、と感じている。

作家が、このいささか単純な二者択一的な選択を登場人物に課していることに、わたしは関心を覚える。「世界市民として生きる」とは、真一郎がかつて第一高等学校のとき、片山敏彦に親炙していたころに芽生えた信条なのではないか。

というのも、その「世界市民」像は、第三楽章『魂の暴力』（一九九五）においてスウェーデン人と日本人の混血の女性への男の手紙のなかに、次のような一節が登場するからである。〈明治のはじめの日本の各界の指導者は、従来の東洋の伝統と新しい西洋の文化とを、日本において融合させ、そこに新しい「世界的な文明」を作り出す、それが新しい日本の、人類から課せられた歴史的使命だと信じて、西洋へ勉強に出掛けて行った。日本人であることが世界人である、というのが、将来の地球上における日本の唯一の存在理由であると信じたし、敗戦後の現在のぼくも同じような信念を抱いている。そして現在の経済第一主義の日本が、その理想とは正反対の方向に逸脱しているが故に、ぼくは戦時中同様、自分を「非国民」だと感じ、現在の日本を憎んでいるのだ[36]〉。

この「明治のはじめの指導者」像は、実際には、ヨーロッパ文明へのキャッチ・アップを目論んだ段階を脱し、日清戦争後、東亜同文会の結成に動いた近衛篤麿らの白色人種対黄色人種のせめぎ合いという世界観をさらに超えて、日露戦争後に大隈重信らが公に唱えたものを指していよう。大隈が当初から、それを目指していたかどうかは別問題で、真一郎の実業家の父親なども共有していた信条と想われる。そして、とくに第一次大戦後、日本が国際連盟の常任理事国となり、国際協調路線を歩みはじめたことによって盛んになったもので、真一郎が開成中学校のころ、すなわち一九三〇年代後半に身につけたものではないだろうか。

それはともかく、これに似た感想を中村真一郎は、エッセイ「一老人の夢」（一九九五、『死という未知なもの』に収録）にも漏らしている。自分は「魂の改革」を一生の文学的主題としてきた、その自己同一性を守ってきたと述べたあとで、低俗テレビ番組の横行を〈日本猿の王国の制覇の時の足音が聞こえてくるような気がする〉と書いて、その最後を〈旧世代の生き残りである、「非国民」の世迷いごとにはすぎなかろうか……〉と結んでいる。

ただし、小説のなかで、その男性の「自己同一性」が保持されるわけではない。第四楽章『陽のあたる地獄』（一九九六）において、男がスウェーデン人と日本人の混血の女性の生き方を〈国家に属していないことに、むしろ精神と感情の自由を味わっている〉と感じ、それを〈本来の人類を先取りしている生き方なのかも知れず、それを生まれた土地から「根こそぎ《デラシネ》にされた」として、その不安定な心を創造する自分の方が、旧い型の人類なのかもしれない〉と考えなおし、〈実際、モンテスキューもヴォルテールもフランス人のために著述したのではなく、人類のために語りかけたので、それはニュートンやアインシュタインが人類のためにはたらいたのとまったく同じ態度であり、そこにだけ心理も正義も本来存在する筈なので〉、やがて〈その生国独特の文化伝統は人類の共通の遺産の一部となりおえるだろう〉と考えるようになってゆく。(37) ここには、ヨーロッパ文明の普遍性を確信するフランス啓蒙主義の系譜に連なる知識人像も見える。おそらくこれは、第一高等学校教授・片山敏彦らがもっていたものと等しく、真一郎も一度は感染したことがあったにちがいないと感じるのだ。

ところが、この七十歳前後の男の自己分析のなかに、〈旧制高校の同級生で、今は文士になっている男の言うように、平安朝のモラルの「色好み」というのが、おれの性的態度に近いらしく、だからあいつはおれを「生粋の日本人」だといってからかうんだが(38)〉という一節がはさまれている。ここに言及される「文士」とは、ごく自然に読者に中村真一郎を想わせるだろう。先にふれた『私の履歴書』中〔36 旧騾馬同人〕には、次のようにあった。

私は生涯をかけて、真に世界人たるにふさわしい民族である日本人の実例になろうと、二十代のはじめに決意し、それが私の深く愛する紫式部や世阿弥の日本への感謝の印しであると、その決意をもって半世紀後の今日まで揺るがずに生きた。[39]

この信念が中村真一郎のなかで揺らいだとは想えない。が、この四重奏の作家は、この七十歳を超えようとする男性主人公に仮託して、民族的伝統文化と世界市民性の関係の変化について、考えを巡らせている。この点で、『四季』四部作と四重奏の主人公は明らかに相違している。その変化を見過ごすわけにはゆくまい。

ついでにふれておくと、この『魂の暴力』の第三章には、〈ホテルの酒場のバーテンの話〉というタイトルの一節があり、七十歳を超した男がよく使う横浜のホテルのバーテンが、ほろ酔い気分で、ヨーロッパ系と日本人のあいだ混血の美女と東南アジア系の混血の娘の二人と交際している男のそれぞれとの関係の様子を語る。バーテンに酒を勧めて話を聴いている「お客さん」は、タイトルに「迷路」という語をもつ小説の著者である。すなわち、男と女の手記で構成された『時間の迷路』の作者、中村真一郎を想わせる。こんな「悪戯」もしかけてある。[40]

この第三楽章『魂の暴力』の巻では、第二楽章の終わりで急変が告げられた「会長」が死去したのち、事態が急展開してゆく様子が語られてゆくのだが、その第一章は「男の部屋」と題され、バリに来ている七十歳を超えた男の部屋を舞台に、男の内的独白を中心に進む。そこには、しかし、東南アジア系の混血の娘について、幼い頃から売春婦として働かされているあいだに受けたトラウマについて、婦人科医の診断が届けられ、また「会長」の逝去後、財団の後始末に、彼の縁戚がパリを訪れ、混血の女性の地位が不安定になっていることを告げる手紙などが舞い込みもする。

そして男の想いのなかには、欲情というものは〈非倫理的な異様さ〉を発揮するのが本質だという考えが登場し、また〈いわゆる「恋愛」というものは、愛と欲望の合成物であり、古今に恋愛小説はいずれも、このふたつの別のものを、ひとつの者として描き出している〉という感想があらわれたりする。他方で、神宮外苑の銀杏並木で子供たちの生命に溢れる様子に、自身が〈宇宙の生命の流れのなかに、自布が快く漂っているのを感じ〉た思い出にひたったりもし、[41]やがて彼は人間の精神が分裂しつつ重層しているという認識に至る。

『魂の暴力』の第二章では「パリの女」と題され、六十歳くらいの、しかし若さと美貌を保っている混血女の内景と彼女をめぐる動きの進展が書かれる。日本人で将来を嘱望されたピアニストの少年、また「会長」が収集したヨーロッパ絵画の整理にかかわって登場した、たくましい身体のイタリア人の版画家との交渉は、彼女に「悪魔」についての考えを生みもする。さらには彼女に崇拝に近い感情を持つ財団職員も絡んで関係は複雑を極め、かつそれぞれの視点からの叙述が進行し、そのなかには、パリからベルギーのブリュッセルに移動した男について、そのホテルのボーイによる観察か挟まれるなど、性愛の関係も視点人物も多彩を極める。

第三章「逃避行」には、日本を捨て、ヨーロッパで晩年を送ることにした男の「自省録」も加わり、女との関係はもちろん、ピアニストの少年、東南アジア系の混血の少女との関係と彼らについての思いが縷々開陳される。つまりは、初老というべき男と女の内的独白を軸に、それぞれに別の複数の相手との交渉をもち、性愛のかたちも多様に進展し、スタイルも行きかう手紙類や手記、そして第三者の視点による観察などを織り込みながら慌ただしくも多彩に展開する。

そして第四章「一族再会」は、「会長」のイタリアの別荘を舞台に、その絵画のコレクションの整理のために、男と女、ピアニストの少年とイタリア人の彫刻家、財団職員の一同が会して滞在する場面が展開するが、そこにもメイドに雇われている農婦の観察がはさまれている。いま、第四楽章『陽のあたる迷路』で、初老の男が人事不省に陥ったのち、地中海を見下ろすイタリアの別荘で展開される大団円へ向けた出来事、そして男の歿後まで主要登場人物の行方を追って進展する事態とその方法について、あらましを紹介する余裕はないが、ともかくも、この四重奏四部作は、作家、中村真一郎が東西の文明文化論の諸相をちりばめ、かつ種々の視点やスタイルを混在させながら、おもちゃ箱でもひっくりかえしたように、性愛の諸相を過激に縦横に繰り広げてみせた連作であり、そしてその性愛の考察は、エロスとタナトスの双方に向けられている。その意味では、『四季』四部作と並ぶ、中村真一郎の作品史上、一つの頂点をなす連作と呼ぶことを躊躇するいわれはない。日本のエロティック・フィクション史のうえで、決して無視することはできないことは言わずもがなだろう。

そこで開陳される性愛観も文明論も、二十世紀が終わりに近づいた日本の文芸ジャーナリズムの主流ともいうべき通俗性に強く規定されていることは否めない。ここにいう「通俗性」は、一般社会を相手取り、かつ、そこに流通することを宿命づけられている近代市民社会が生んだ小説というジャンルに特有のそれ、つまりは十九世紀のフローベールや、二十世紀のジョイスもプルーストも囚われていたそれをいうのではなく、中村真一郎が戦後日本の職業作家として活躍してきたことが基盤として否応もなくたらいていること、かつて若いときに芹沢光次郎にいわれたという「一日五枚」のノルマ、中村真一郎のことばを借りるなら「肉体労働者のように」はたらいてきたことを指していっている。月刊の文芸雑誌に毎月、顔を出していなくては、作家として認められず、かつ生活も維持できないような日本の文芸サークルの在り方は国際的に見て異常な事態である。そうであるがゆえに、意識的な作家たちの方法は鍛えられもしたが、他方では、三島由紀夫のように大衆のスターの位置を獲得することを目標に置く作家も登場した。彼は絶えずジャーナリズムの話題となり、文壇に緊張をもちらすようなパフォーマンスに一生を終えたが、他方では中村真一郎に、死に向かってアイデンティティーを探る問題ととりくませ、かつて自身に宿ったアイデンティティーを再び取り出し、その行方を考えさせるような作品を書かせもしたのである。

中村真一郎の遺作となった『老木《おいき》に花』も、エロティック・フィクションである。鎌倉時代の作り物語で、宮廷貴族の性生活を露骨に書いた残欠の多い王朝物語を偽作し、その翻訳文に、その校訂・翻訳者がコメントを加える形式をとる。そのコメントは中村真一郎の王朝物語論の応用編とでもいえばいえるが、「好色」の面についていえば、十四世紀初頭の成立とされる『とはずかたり』が奔放な男性遍歴を語るとはいえ、その性技の具体に及ぶこと、時代の表現規範をはるかに超えていよう。どこか、もうハメを外してよい、という判断が作家にはたらいていたように想える作品である。不思議なことにわたしには、それが途絶したままになることまで作家が計算していたかもしれないという思いが消えない。

【註】

（1）『中村真一郎劇詩集成』全二巻、思潮社、一九八四—八五年、『私の履歴書』、ふらんす堂、一九九七年、〔38 演劇と映画の可能性〕を参照。

（2）鈴木貞美「保田与重郎『近代の終焉』——「近代の超克」思想の展開における位置」呉京煥・劉建輝編『日本浪曼派とアジア』、晃洋書房、二〇一九年を参照。

（3）『中村真一郎　青春日記』、池内輝雄・傳馬義澄編、水声社、二〇一二年を参照。

（4）その間、かなりの数の浮世絵春画が欧米に流れ出た。二〇〇九年十一月から翌年二月、Picasso Museum, Barcelona では、Pablo Picasso が所蔵していた浮世絵春画とそれにヒントをえた彼の作品の展覧会「Secret Images」が開催された。二〇一三年十月—一四年一月には大英博物館で「日本春画」展開催（十六歳未満は保護者同伴）。

（5）鈴木貞美「江戸川乱歩、眼の戦慄——小説表現のヴィジュアリティーをめぐって」『日本研究』第四二集、二〇一〇年九月など参照。

（6）二〇一〇年、若松孝二監督により『キャタピラー』のタイトルで、反戦のテーマを加えて映画化された。主演女優・寺島しのぶはベルリン国際映画祭・銀熊賞（最優秀女優賞）を受賞。

（7）鈴木貞美「『荒魂』——運動する象徴主義」、鈴木貞美編・論考集『石川淳と戦後日本』、ミネルヴァ書房、二〇一〇年（ウィリアム・タイラーによる英訳遺稿を併収）を参照。

（8）　鈴木貞美『鴨長明――自由のこころ』、ちくま新書、二〇一六年を参照されたい。

（9）　鈴木貞美「三島由紀夫、その影と響き――評価・受容史のためのスケッチ」、三島由紀夫論集『三島由紀夫の時代』勉誠出版、二〇〇一年を参照。

（10）　ジョイス『ユリシーズ』についてふれた早い時期のエッセイに、杉田未来（高垣松雄）「James Joyce: "Ulysses"」（『英語青年』一九二二年十二月）があり、アメリカの紹介記事を参照し、意識と副意識（subconsciousness）の混沌たる状態の描写と紹介、次いで、堀口大学「小説の新形式としての『内的独白』」（『新潮』一九二五年八月号）がジョイスの言に従い、フランスのエドゥアール・デュジャルダンに遡ることをいい、「思念の活動写真」という語で説明、そののち土居光知「ヂョイスのユリシイズ」（『改造』一九二九年二月）に詳しく論じられるという経緯が辿れる。曾根博義「フロイトからジョイスへ」（一九八八）など参照（曾根博義『伊藤整とモダニズムの時代――文学の内包と外縁』、花鳥社、二〇二一年所収）。
　ただし、"stream of consciousness"は、ウィリアム・ジェイムズ『心理学原論』（*The Principles of Psychology*, 1890）が、間断のない流れとして意識を掴むべきことをいい、その雑誌論文 'A world of pure experience'（1905）も、西田幾多郎『善の研究』（一九一一）で、すでに引用されていた。またアンリ・ベルクソン『創造的進化』（*L'Évolution cratrice*, 1907）でも、"stream of consciousness"は、映画フィルムに喩えて論じられており、堀口大学の説明の仕方など、それを参照していた可能性も否定できないだろう。

（11）　鈴木貞美「江戸川乱歩、眼の戦慄――小説表現のヴィジュアリティーをめぐって」（前掲）を参照。

（12）　鈴木貞美「高橋和己に誘われ――『悲の器』『堕落』「六朝美文論」とその周辺」、太田代志朗・田中寛・鈴木比佐雄編『高橋和巳の文学と思想――その〈志〉と〈憂愁〉の彼方に』、コールサック社、二〇一八年を参照。

（13）　Calmann-lévy, 1904より摘出。文圃堂、一九三五年、改訳して創元選書、一九三九年に一一九通、筑摩書房『フローベール全集10』〔書簡3〕、一九七〇年に四一通を収載。久保田斉也『ギュスターヴ・フローベール「感情教育」論――実定的視線のもとで』（早稲田大学学位論文、二〇一七）を参照。訳文はやや修正した。

（14）　久保田斉也『ギュスターヴ・フローベール「感情教育」論――実定的視線のもとで』（前掲）を参照。

（15）　Flaubert, *Correspondence*, tome III, etablie et anotée par Jean Bruneau, « Bibliothèque de la Pléiade », Paris, Éditions Gallimard, 2007, p. 575.

（16）　Ibid., tome II, p. 691.

（17）　Bernard-Henri, Lévy, *Le Siècle de Sartre*, Grasset, 2000, p. 119；鈴木貞美『「死者の書」の謎――折口信夫とその時代』、作品社、二〇一八年を参照。

（18）　鈴木貞美『戦後文学の旗手・中村真一郎――「死の影の下に」五部作をめぐって』、水声社、二〇一四年を参照。

（19）　鈴木貞美『日本人の自然観』、作品社、二〇一九年、及び「明治期『言文一致』再考――二葉亭四迷「余が言文一致の由来」を読み直す」『季刊 iichiko』、二〇二〇年秋号を参照。

（20）　鈴木貞美『「日本文学」の成立』、作品社、二〇〇九年、同『入門　日本近現代文芸史』平凡社新書、二〇一三年など参照。

（21）　堀辰雄訳「マルテ・ロオリッツ・ブリッゲの手記」『四

季』一九三四年十月号、「二つの断片」――「マルテ・ロオリッツ・ブリッゲの手記」から」『四季』同年十二月号、「『マルテ・ロオリッツ・ブリッゲの手記』から」『四季』同年十二月号、「マルテ・ロオリッツ・ブリッゲの手記(Ⅲ)」『四季』一九三五年一月号に掲載。

(22) 井上友一郎『従軍日記』(一九三九)は、新聞記者としての武漢攻略戦のルポルタージュに私的な見聞記を挟んで「私小説」仕立てにしてある。その杭州の場面と「竹夫人」(一九四三)とを比較されたい。

(24) 一八八一年、芝に落成、一九〇二年、九段靖国神社内に移転、一九三八年、拝殿手前に移転。

(24) 能は仮面を用いる歌舞を伴う宗教芸能である。奈良時代には中国大陸ないし朝鮮半島の伎楽が伝えられ、神楽と習合して神社に伝えられていたと推測される。中世に物まね芸(猿楽)と合体して民間に人気を博し、対話中心の滑稽諷刺を旨とする狂言と併せて寺社で演じられるようになった。武家の庇護を受け、狂言師が囃し方の手配や演目などをプロデュースしていたようだ。江戸時代にも大名家の比護を受けて、武家の嗜好の対象となったが、民間にも謡や仕舞、狂言が流行を見た。だが、幕末維新期に大名家の没落とともに廃れた。岩倉具視が能楽堂を設立して保護をはかったが、その間に演技のスピードが緩やかになるなど、かなりの改変が加えられたと伝えられるものの、身体芸も囃し方も相伝のことゆえ、記録に残されていないため、詳細はわからない。民間の歌舞伎は、明治期から時代に即応するよう「改良」が加えられ、対話中心の「新派」などを生み出したが、能は明治末に俄かに上流層に人気が高まり、地理学者の吉田東伍が大名家から世阿弥の七部集を発掘・翻刻し、観阿弥・世阿弥についての研究が進んだ。それまで江戸前期に世阿弥の名は知られてはいたが、僧侶の名とされていた期間が長かった。

(25) 鈴木貞美『「死者の書」の謎――折口信夫とその時代』(前掲書)、第一章を参照。

(26) 中村真一郎訳、青磁社、一九四六年、一六二頁。

(27) 『中村真一郎小説集成3』、新潮社、一九九二年、三四七頁。

この引用句典拠未詳。ご存知の方、ご教示ください。

(28) これに類する謡曲のタイトルを借りた戦後の短篇小説に、石川淳「かよひ小町」(一九四七)がある。これは戦後、売文渡世し、無頼な生活を送る語り手が、一夜にして芸妓と懇ろになり、かつ、その乳房の横に赤い斑点を見出すとレプラと決めつけ、かつカトリック教会で結婚する決意をする話。タイトルはまるで判じ物だが、この謎は最近、解けた。鈴木貞美「たとえば『文学』、たとえば『佳人』――総合的石川淳論の方へ」、田中優子他三名の共著『最後の文人――石川淳の世界』、集英社新書、二〇二一年を参照。

(29) たとえば、芭蕉歌仙の付けあいの魅力を先行する貞門・談林の俳諧連歌の流れをもふまえて余すところなく解き明かした名著として定評がある能勢朝次『連句芸術の性格』(一九四三、角川選書一九七〇)の一章〔俳諧解釈の地盤〕では、芭蕉の「造化に従い造化に帰る」心を、この大拙の言に依拠して説明しているが、臨済禅を学んだとはいえ芭蕉が唯識の考えに立っていたわけではない。他方、今日盛んなAIの開発について、人間の脳内にプログラムを想定するアイデアは、唯識でいう我の意識をいう第七識、末那識をヒントにしていると、アメリカのコンピュータ・スタディズの研究者まで口にしている。

(30) 鈴木貞美「三島由紀夫『豊饒の海』――空無への意志」

『國文學――解釈と教材の研究』臨時増刊、一九八八年三月号を参照。

(31) それ以前、「英霊の聲」(『文藝』一九六六年六月号)と「十日の菊」「憂国」の三作を単行本化するに際して、河出書房の藤田三男氏が「国体論」を所望し、「二・二六事件と私」が記され、のち「文化防衛論」に展開したのだった。藤田三男『三島由紀夫点綴』(随想を書く会叢書、二〇二〇)〔「英霊の聲」の声〕を参照。

(32) 鈴木貞美「三島由紀夫の天皇思想――事件と思想の史的意味」『思想』一九九〇年十一月号、および、「文化防衛論」『三島由紀夫辞典』、勉誠出版、二〇〇〇年を参照。

(33) 『野間宏作品集11』、岩波書店、一九八八年、二〇三頁。

(34) 鈴木貞美『生命観の探究――重層する危機のなかで』、作品社、二〇〇七年、〔第十二章1〕を参照。

(35) 中村真一郎『死という未知なもの』、筑摩書房、一九九八年、〔33『陽のあたる地獄』について〕、一〇六頁。

(36) 『魂の暴力』、中央公論社、一九九五年、九八頁。

(37) 『陽のあたる地獄』、中央公論社、一九九六年、九〇頁。

(38) 同前、四七頁。

(39) 『私の履歴書』、前掲書、一一三頁。

(40) 『魂の暴力』、前掲書、一三四頁

(41) 同前、二一頁、二二頁、二六頁。ここに「宇宙の生命」の観念が登場している。"universal life"(普遍的生命)はベルクソン『創造的進化』(一九〇七)やドイツの生の哲学の流れなど、二十世紀ヴァイタリズムの根幹をなすの観念だが、日本では種々の伝統観念でこれを受け止めたため多彩な様相を呈し、第二次世界大戦後も今日まで見え隠れしている。中村真一郎の知己では、芹沢光治良が最晩年まで、万物に生命が宿るという考えに立ち、万物愛の思想を説いていた。わたしが、一九九〇年を前後して、その研究に着手してほどなく、中村真一郎氏の口からテイヤール・ド・シャルダンの名前が出たことを鮮明に憶えているが、氏自身、神秘体験を語っても、その意味での生命主義の立場を標榜したことはないと想う。

もう一点、『魂の暴力』に、男の自己総括として、かつて戦中期に『資本論』の研究会をもって検挙され、暴力的な取り調べを受けて〈いかなる生活信条をも表明しないという、処世術によって、わずかに自己同一性〉を保ってきたとあり、それゆえ己れを〈スターリニズムからも、ファシズムからも遠ざけて、青春時代は進歩的な連中からは「反動」と軽蔑され、民衆からは「非国民」と石を投げられ、そうして思いもかけず、七十歳を過ぎるまで生きてきた〉(前掲書、三三頁)という条が見える。戦時期、「ファシズム」はともかく、「スターリニズム」の語は、ごく一部のトロツキストのものにすぎず、これは戦後、ニキータ・フルシチョフによるスターリン批判(一九五六年)ののち、一般化した用語を用いたものだろう。その意味は必ずしも一定しないが、中村真一郎は、この動きにも敏感だった。鈴木貞美『生命観の探究』(前掲書)〔第一〇章4〕を参照。

特集《中村真一郎、この一冊》

戦争体験の意味

長編小説『死の影の下に』へ

池内輝雄

戦争体験——評論集『文学的考察』

『1946 文学的考察』(真善美社、昭和二十二年五月)という冊子がある。加藤周一・中村真一郎・福永武彦ら三人の筆者が雑誌『世代』に「カメラ・アイズ」の総タイトルのもと、一九四六年初頭から連載後、翌年五月に刊行された「社会的内面的諸問題に対する或る青年らの感想であり、同時に自己表白」全九篇、計二十七本の評論集である。ここでは、その最終論、中村真一郎の「空間　日本に於けるヘルマン・ヘッセ」に注目したい。

内容はⅠ「一九四五年夏(地下室)」、Ⅱ「一九四六年春(焼跡の対話)」、Ⅲ「一九四六年冬(電車の中)」で構成されるが、ここではその第Ⅰをとりあげる。

爆撃の音は続いてゐる。それはコンクリイトの建物全体を揺り、マットの上にうつぶしてゐる彼の全身に衝撃を与へる。青年は歯を食いしばらうとして、舌を噛む虞れから、又口を開ける。口の中はすつかり乾いて、舌の先が埃の味がする。今日こそは死ぬかも知れぬ。〔……〕

遠い高原の青空、悠々と平和に流れてゐる白い雲。それらを区切つた四角な窓。その下の長椅子に躰を凭せかけ、その詩を朗読してくれた学者。〔……〕三日三晩、不眠と空腹との中に、飛び歩いたり、行列に立つたりして、やつと東京を遁れ出た学者は、その後を追つて訪ねて行つた青年に、明るい調子で語つた。――此処は別世界だよ。食糧は東京以上の貧困だけれど、庭の草を食べてゐても、心の糧は豊かなのだ。此処には一番大事なものがある。精神の自由が。〔……〕
爆撃の音は愈々近付く。昨日は此の耳は、郭公の歌と、先生の独逸語の発音とを聞いてゐたのだ、と青年は思ふ。〔……〕
爆撃の音が記憶を中絶する。然しその直ぐ後から、フラッシュのやうに新しい記憶を呼び返す。先程、街の真中で出合つた、もう一人の学者の表情。顔を埃だらけにし、書物を満載したリヤカアを自分で曳き。やはり栄養失調のために、足をふらつかせ。それは野蕃の横行の間から、僅かに文明を救ひ出さうと云ふ、勇敢な姿だ。それを滑稽だと笑ふ奴等が日本を亡ぼしてゐる。……〔……〕
――だが戦争は間もなく済まう、と先日、或る反ナチの平和運動をしてゐる独逸人が云つてたよ、月の問題でなく、週の問題だ、とね。高原の先生は長椅子の上に横になりながら、昨日さう呟いた。東京の街に立つたもう一人の先生は今日――もし生きてゐたら、と瞳を輝かして青年を見た。今度こそ、もう一度、此の愚劣を繰り返さぬために、我々は闘はなくてはいけない。人間性の真の姿を、我々の日本に実現させるために。……

短い文章ではあるが、東京の空襲と高原の青空、小鳥の声、東京から疎開したばかりだが、詩を朗読してくれた学者、文献を疎開しようと重いリヤカーを引くもう一人の学者、高原の先生、東京の先生、戦乱の中に生きる人間や動物の姿をとらえた見事なエッセイであろう。

「高原の先生」は、追分や軽井沢の別荘に永住した堀辰雄か。ほかの学者・先生には固有名詞が記されていない。室生犀星・中島健蔵・丸岡明・芹沢光治良・山室静・片山敏彦あたりであろうか。

本書からは離れるが、当時東大医学部の学生だった森達郎が、愛宕山の中腹に、父親が購入したかなり大きな別荘を持ち、「ベア・ハウス」と名づけ、学生たちに合宿所として開放していた。中村真一郎はそこにも宿泊する。

また、その夏、中村真一郎は、軽井沢に新しく開けた千ヶ滝にある中小企業の経営者の「山小屋」で、息子の家庭教師として過ごしていた。

「八月のはじめ」のこと、旧軽井沢の室生犀星の娘の朝子嬢が、「自転車を押しながら急坂を息せき切って昇って来て」、父の言葉を伝えたという。それはアメリカ軍とソ連軍と日本の陸軍の三軍の戦闘になるだろうから、「戦禍」を避けて遁れよ、というものだった。中村真一郎はそこまで深刻に考えていなかったが、戦局の切迫に連れて、彼の住いの庭などにも、盛んに憲兵の姿が見られるようになり、隣家の白系ロシア人の一家も、追い立てられたように姿を消していったのに不安を覚えながら、〔……〕戦局の進展を暫く待つより仕方あるまいと思っていたという。

ただし軍事政権が成立したら、軽井沢近辺の知識人たちは、中村真一郎のような無名の青年に至るまで、到底、生命は保証されないだろうから、いざとなったら碓氷峠を越して脱出することになろうとは覚悟していたが、生命を失う可能性のほうが遥かに大きいと諦め、書き上げた長編のノートは、静岡の山のなかの親戚に疎開してあった書物の山のなかに隠して送っておいたという。

実際にそうした話は流言飛語ではなく、「軽井沢にいる自由主義的知識人は世論統一のために全員粛清されてしまうだろう」と言われ、中村真一郎のもとにも「旧軽井沢の憲兵隊から私に出頭を命じる将校が現れ」た。が、突然、方針が変更したらしく、「飛ぶようにして姿を消した」という。（『火の山の物語』）

軽井沢・追分

中村真一郎は千ヶ滝から下ったところにある追分に親しむようになる。

そのきっかけを作ったのは、高校（一高）・大学（東大）の先輩だった立原道造。一九三六年、立原道造は建築事務所を休んで追分の油屋に静養中で、堀辰雄も軽井沢の別荘から油屋に移り、滞在中だった。

立原道造は中村真一郎を千ヶ滝まで迎えに来、油屋で同じ部屋で暮らす計画を提案し、実行した（『火の山の物語』）。また、「信州追分の夏の原を、立原道造が『詩は歩きながら書くんだ。ヘルダーリンはそうした』と言って、無暗に私を連れて歩き廻った」（『本を読む』）という。

もしかすると、立原道造は中村真一郎を案内して道を左（または右）折し、浅間山の外輪山、石尊山に立ち寄ったかもしれない。

立原道造の「林道」（前期草稿詩篇）には、次のようにある。

さびしい山道を息をはずませのぼつたことがあつた。
道で會つたのは蟲捕りの道具を持つた老人であつた。彼は遠眼鏡をあてて麓の高原を眺めてゐた。それからしばらく行くと、赤土に濁つた水の池があつた。そのいたましい色に足を漬けると僕は醜い色に塗られるのだつた。山の狭間には木のかげに葉や空の形を透いた水が流れてゐた。僕は足を洗ひ僕のために汚された水の再び澄むまでを眺めた。それから山をくだつたが、もう誰にも會はなかつた。村で鳴く鶏の聲をきいた時、やつと僕にははるかな思ひが湧いた。束の間でそれは消え僕は再び一心に林道を下りつづけるのであつた。

定稿（『詩集　田舎歌』「風信子叢書」第三篇）では、

……もつとのぼると峡があつた。木の葉が、雲の形を透いてゐた。その下の流れで足を洗つた。すると気分がよかつた。草原に似た麓の林に、光る屋根が見えてゐた。またおなじ林道をくだつた。もう誰にも會はなかつた。しばらくすると村で鳴く鶏を聞いた。はるかな思ひがわきすぐに消え、ただせかせかと道をくだつた。長かった。

とあり、定稿では、「赤（土）」と「水」、「醜い色」などの言葉は消去されている。

この池は通称「血の池」（吉田初三郎画『霊湯星野温泉鳥瞰図』（中島松樹編『軽井沢避暑地一〇〇年』））と呼ばれ、地下から濁った赤色の水が湧き出し、滝となって落下する景観が見物とされた。立原は自身の病気とかかわるその水の色を忌避したのかもしれない。

全体小説の構想

中村真一郎は追分道をたどり、追分に通い、「軽井沢を主題とした」「全体小説」を構想する。

それは、「日本の支配階級の集中している、旧軽井沢の別荘地と、沓掛から山の方へ昇って行って、新しく開けた千ヶ滝の中産階級の、簡素な山小屋の間を巡回バスの廻っている地帯と、それから追分の高等文官試験の準備のために旅館や素人下宿に籠っている東大法学部の学生たち、又、森のなかに女子大学の寮のある、さらに簡素な地帯と、この劃然と別れた三つの区域」、つまり、「夏の間、当時の日本の知的社会の階級構成を、いわば箱庭的に作りあげている」「地域」であり、「日本社会の縮図を、鳥瞰的に描いた、大小説が可能だ」という「アイデイアだった」という。戦前期の「私小説」とは根本的に異なる新しい小説の構想である。

中村真一郎の仕事は、何もなく「毎日が休暇の有様で、朝、ノートへ蟻の頭のような字を、一行おきに並べて――これは堀さんの直伝——小説の草稿を作ると、私は昼飯のあとは林のなかの道を下りて街道へ出て、追分まで歩いて行って、病床の堀さんのお相手をするのが、仕事のようになった」という（『火の山の物語』）。

だが、実際は「日本社会の縮図」を描く「大小説」を構想し、戦後、六年余りの年月をかけた長編『死の影の下に』五部作に結実させる。

第一部『死の影の下に』一九四六年八月—四七年九月、『高原』連載。

第二部『シオンの娘等』一九四八年十二月、河出書房、書下ろし刊行。

第三部『愛神と死神と』一九四八年十一月—四九年六月、二月休刊、『文藝』連載。

第四部『魂の夜の中を』一九五〇年、『人間』一月、『群像』四月、『文藝』六月、分載。

第五部『長い旅の終り』一九五二年十一月、河出書房、書き下ろし刊行。

> 私は突然に足を停めた。一体、何だろう？　私は心の底の不安なようなものを捉えようとして首を軽く傾けた。先程から歩きながらの間に次第に意識の裏側で拡がり始めていた曇り空のようなものが、強い衝動となって心臓に動機を呼ぼうとする瞬間に、私は私自身のとりとめのない夢想から眼覚めた。そしてその同じ瞬間に私の不安そのものも捉えがたくどこかへ退いてしまった。丁度長い間掛けられてあった絵が取り去られた後の、そこだけが変に不自然に四角く浮き出た壁のように、また突然に退学した学生の席が、眼ざわりな程生なまとその不在の雰囲気を漂わせているように、私の心は先程までの何かが急に消え去った後に、名状しがたい深い匂いのような気配を拡げ始めていた。

『死の影の下に』（五部作）の冒頭部である。ここには散歩の途中、「心の底の不安のようなもの」、「意識の流れ」が比喩的表現のもとにとらえられている。『死の影の下に』は実に六年余の年月をかけた大長編小説。右引用の傍点部に明らかなように、隠喩の施された長めの文体である。

以下、長文にわたる引用は控えるが、第二部『シオンの娘等』には「私」（城栄）が大学を出て、ある研究所に勤務した夏、信越線の汽車に乗ろうとした際、外地へ出かける兵士の見送りに出会う。沿線の汽車は「例の小トンネル」、「二十幾つかの夢の門」を抜け、「爽やかな大気と共に開けて来る」「高原」の駅に着く。地名は明示されないが、避暑地らしいところである。だが、ホテルのラジオ放送は「本日午前三時帝国は米国及び英国と交戦状態に入れり……」と伝え、時代的な背景は明確にされる。

第三部『愛神と死神と』は、昭和十七年六月十四日から二十日までの日付を持つ日記体の小説。「大戦」の下での「私」の「自己反省のノート」として書き出される。場所は東京。「私」の勤め先の研究所も「学術団体の再編成のあおり」で「一週間は臨時に閉鎖すること」になり、休みの間、「やがて来る死までの時間の残り」を、「自分とは一体何だろう、最終的に問うて見たくなった」という。また、「現実の喪失」ともいう。

かわりに「私」の前に現れる数人の人物たち、たとえば、最初の登場人物、人妻の「山口幸」は突然夜更けに私の部屋に現れ、私のベッドで眠り込み、「私」は眠れない。

また、広川夏子。「私が今迄の生活で、或る個人と最も深く関り合ったのが、彼女だった。そして私達の不可能な愛の結果が、私をいよいよ孤独な生活に追込み、現在の有様に立ち至らせた」という女性。「私」は、「私の最近の『現実の喪失』を私自身に理解するには、たしかにあの時期の私と彼女との関係」を「根本から解きほぐして見る必要がある」と考えるにいたる。

そのほか浮田礼子（亡父の友人浮田子爵の娘）、小説家の上村氏、画家の宮田氏、雑誌編集者の高市清らの登場。「古典と美術書とを、それだけを相手にしている私」とは異なる行動と自己主張を持つ人物たちである。つまり、この作品では、「私」はどちらかと言えば、脇役に退き、「観念の中にしか存在しない」実態のない存在ということになろう。

第四部『魂の夜の中を』の「一九四五年七月」、城栄の手記。東京から乗った列車が空襲に遇う。


〔……〕飛行機の翼が頭上にあった。操縦士の姿がみえた。周囲の人波は一旦、降りた車内に入ろうとするものや、改札口に殺到する者やで、大混乱におちいっていた。

城は棒立ちになっている暁子の手を掴んだ。暁子の眼に、苦痛と憎しみとが浮かんだ。彼女は強情に足を踏みすえている。〔……〕そのすきに、暁子は、手を振りどいて、反対側の線路の上に飛び降りた。彼女は線路伝いに、一人きりで駆け出しはじめた。その時、線路の小石が、弾かれるような音をたてはじめた。

「機銃掃射だ」と誰かが叫んだ。

暁子は、突然に、はね上がって倒れた。（一九四五年七月）

「一九四五年八月十五日」〔城栄の手記〕
「あの空襲に遇った駅であのまま下車して、木梨武男の遺族の家で、暁子の骨上げまで済ませた」「私」。あのとき、「私」は、「暁子を救おうとして弾丸の下へ飛び出して行く」。「以来、私ははっきりと自分が変わったのが判る」と自覚する。「いや、私自身の内部に匿れていた、真の健康な自分自身の存在に、あの時気づいたのだ。」と確信する。

信州の山奥、「山脈に囲まれた盆地」「山寺」に移った「私」は、「今こそ」、「夏子を迎える心の用意ができたと云える」と広川夏子への愛をはっきり確認する。

時は「降伏」を告げる「陛下」の放送の始まる直前、「私」は廊下に出て、「何気なく寺の長い石段を見おろ」すと、寺の石段の前の通を「一心に歩いてくる」小さな人影が見える「女だ、見覚えがある。まさかと思った。いや、やはりそうだ。

『夏子』と城は叫んだが、声にならなかった。もう一度、今度は声に出して呼んだ。『夏子』今はもう、彼女の眼も口も、耳も眉も、彼の記憶の中の面影そのままに、はっきり見えて来た。」愛の確信、確認。時は「八月十五日」、戦争の終ったまさしくその日、二人の新たな出発が始まったのである。

もう一人の人物、城の学生時代からの友人で、今は大陸の一都市フィリピンにいる高市清は、犯罪組織に追われ、逃げ込んだ教会からその扉を開けて出ようとしたところで、射殺される。

特集《中村真一郎、この一冊》

『死の影の下に』の覚悟

近藤圭一

膨大な中村真一郎の作品から「一冊（ないし数冊）」選んで書けとの編輯部の註文、中々の難題だが、《romancier》たらんとする覚悟を表明したという意味で、『死の下の影に』を挙げようと思う。

作家は処女作に向かって成熟する、と言ったのは亀井勝一郎だったろうか。警句としては面白いが、「青の時代」がピカソにとって習作期の一つの一里塚だったように、「感謝」に十二音技法の要素が見られないように、そして『聖家族』が『菜穂子』を成熟させたものでないように、実際には処女作とその後の作品群との関係は本当に一様に表現できない。『老木に花の』と『死の下の影に』の関係もまた然りである。

しかし、同じ「処女作」について語られた言葉でも、川端が述べた「処女作は作家の人生まで支配する」という警句になると、中々当たっているのではないか。少なくとも、中村真一郎に関しては、『死の下の影に』は小説家としてこれから進んでいく決意を表すとともに、その作家人生がどこに因って来たのかを示しているように思われる。

「意識の裏側で拡がり始めていた曇り空のような」「心の底の不安」が坂道を歩く城栄の足を突然停めさせ、石壁の中の空地にある「樹木の下に捨てられ」た「崩れかけた白いペンキ塗りのベンチ」に誘う。「ギリシャ正教の教会」の鐘の音が聞こえるのだから、駿河台のニコライ堂の辺りであろうか。

帝大生になった城栄にとっては馴染みがあるだろうに、今は「忘れられた」ような場所で、真昼から「夕べの御告の鐘」が鳴り響くまでそこに放心して、三つの「死」を甦《よみがえ》らせる。それはマドレーヌのないプルーストだ。いや、正確に言えば「或る耳慣れた提琴協奏曲の旋律」がマドレーヌの代わりになっている。

その「提琴協奏曲の旋律」はまず父の死を甦らせた。そして、さらに時を遡り、城栄にとって初めての「死」である『千一夜物語』の本の喪失に「記憶の奔流」を導く。ついで、もしかするとその本の喪失に関わったかもしれない隣家の利いちゃの死を用意する。これが第一章。第二章は幼い城栄を小学校五年生になるまで育ててくれた伯母の死が想起される。第三章は中学校四年生の時。父が病んで死んでいく。かくして「三つの死」が呈示され、最初に呈示された「父の死」が最後にもう一度呈示され、その「記憶の諸断片を、出来得る限り忠実に記述」しようと決意することで読者はもう一度その「三つの死」に向き合うことになる。加賀乙彦氏はこれを評して、「円環小説の体裁がここに整えられてある」とした。

今大雑把に紹介したこの『死の影の下に』の性格だけでも、この小説がどこから来たか見えてくる。まずプルーストからの影響は今さら私が述べることもなく、中村自身が認めていることなのだが、「エッセー」ということでお許しいただき、諸賢の先行論考も交えながらこの中村文学の処女作の特質を指摘しておきたい。

『死の影の下』では「提琴協奏曲」がマドレーヌに代わって記憶を想起させていると先に述べたが、「提琴協奏曲」というのはリムスキイ＝コルサコフの『シェヘラザード』の各所にヴァイオリンの独奏が出てくることを踏まえているのだろう。この独奏はシェヘラザードの主題で、この作品自体いうまでもなく『千一夜物語』を音楽化したものである。そういえば、『スワンの恋』でもヴァイオリンソナタが一つの象徴的な意味を持っているが、『死の影の下』では「提琴協奏曲」が『千一夜物語』を導き、その喪失を準備し、「三つの死」の導入を図るという構図になっている。

その『千一夜物語』は豪華な絵入りの本であった。クリーム色の地に赤と黒の文字、緋色のしおり、金粉が使われている絵……。『死の下の影に』は色と音が散りばめられている空間で想起された回想と言え、事実音楽家も画家も登場するのだが、それはそのまま音楽と美術という芸術に満たされたプルーストの世界につながる。音楽と美術を下敷きにした小説の世界が、そのままプルーストと重なるのである。以下、類似点を挙げるときりがない。『シオンの娘等』と『花咲ける娘等』という題名の類似は一目瞭然。華麗だが皮相的な社交界と死の影が漂う現在の対比は、城栄の父佐吉が泳いできた社交界と年老いた伯母と営んできた田舎での生活のそれに転移される。五部作を通して夥しい人物が登場するが（『中村真一郎小説集成』第一巻の付録に鈴木貞美氏がその一覧を作成していて、読者としては大助かりなのだが、別丁三頁に人物の名前がびっしりと羅列してある）、その相互の関係たるや誠に入り組み、錯綜したものである。そして、これを横文字の人名に置き換えると、その関係性も含めて、何だか『失われた時を求めて』の登場人物一覧と同じように見えてくる。

ところで、『死の影の下に』は中村が初めて書いた長編小説ではない。これは戦争末期、一九四四年春から一九四五年にかけて書かれた作品だが、中村は別に「最初に書いた、『全体の序曲』ともいうべき『七週間』」という作品があると も明かしている。そして、実際にその『七週間』は一九四九年にその一部が発表されたのだが、雑誌が廃刊して残りは発表されなかった。小久保実氏が伝えている中村の執筆記録では、この『七週間』は一九四一年から四二年にかけて三百枚書かれたことになっているのだが、順序からすればまず『七週間』が先に成立し、一九四四年から『林中記』『枕中記』『船中記』なる三部作が構想され、その第一部が堀辰雄の助言によって改題されて『死の影の下に』として完成されたということらしい。中村は引き続き第二部に当たる『シオンの娘等』の執筆に取り掛かったが、途中で終戦を迎えた。以後、この五部作は構想とだいぶ違った形で進み、一九五二年までに『愛神と死神』『魂の夜の中を』『長い旅の終り』の連作に、「檻」「雪」という中篇の外篇、それに『七週間』の断片が世に出て完結した。『七週間』の残りの部分は廃棄されたようである。中村の言葉によれば、「目の前で戦後の社会の大きな変化がはじまっちゃった」から「現実に対する僕の視点が変わってきたために、一巻ずつが独立性を増して、最初の構想からずいぶんずれちゃった」のだそうである。

これは期せずしてというより他はないが、この成立過程そのものが『失われた時を求めて』と『死の下の影に』を近づけている。当初の三部作から構想が拡大し、連作でありながら各巻が独立性を保つ形になり、未定稿や破棄された部分を含むといった意味で。ただ違う点は、中村は成立過程までプルーストを模倣したのではなく、《romancier》としての生みの苦しみからこのような経過を辿ったのである。ちょうど盟友福永武彦が、『死の影の下に』と同じく堀辰雄への献辞を持ち、『七週間』と同じ年に書き始めた『風土』や、『死の影の下に』と同じく一九四四年に書き始めて未完に終わった『独身者』で生みの苦しみを味わったように。そういえば、『風土』にも画家と音楽家が出てくるし、『独身者』は『死の影の下に』と同じような多彩な登場人物に彩られている。堀辰雄の世界に美術や音楽の要素が色濃いことは言うまでもないし、『美しい村』を頂点としていわゆる「プルースト体験」をしたことも知られている。堀の下から巣立った《romancier》は双子のように同じ形式を模索していたのである。

その上で、もう一度『死の影の下に』に立ち返ろう。「死があたかも一つの季節を開いたかのやうだつた」から始まる『聖家族』が、堀辰雄の文学的生涯を「『死人の眼を閉ぢるやうに』静かに開けてくれ」た芥川龍之介に対するオマージュだとすれば、「三つの死」から始まる『死の影の下に』は堀に対する中村のオマージュだということになる。『七週間』が失われた以上断定するのが難しいのだが、これが先に書かれた『七週間』を改作し、あるいは流用し、もしくは下敷きにして、プルーストに導かれた作品として『死の影の下に』を構築した理由ではないか。自分の文学的出発を飾るものとしてこの作品を置いて堀辰雄への敬意を表し、自分の吸収してきた文学が那辺にあるのか示そうとしたのではなかったか。

そして、その「三つの死」は前述のように円環、つまり最初に「父の死」が呈示され、最後にもう一度呈示されるのだが、この構造を見ても「三つの死」のうち「父の死」が重要な意味を持っていることがわかる。それは、その父によって城栄は社交界に誘われ、『シオンの娘等』以降様々な人間の中を渡り歩いていくことになるからである。中村自身が述べているように、『死の影の下に』は「作者にとつて最初のロマンであると共に、續いて發表される豫定の連作小説の序曲となる作品」なのである。裏返して言えば、「父の死」ではない二つの死、利いちゃと伯母の死は「連作小説」全体のなかでは相対的に軽い存在になってしまうのだが、『死の影の下に』に限ればこの二つの死は十分に大きな価値を持っている。そこにこの小説のもう一つの意味がある。つまり、『死の影の下に』は田舎に育った城栄が二つの死を経験して東京の社交界に巣立っていく成長の軌跡であり、極めて古典的な教養小説《ビルドゥングスロマン》の性格を有しているということだ。五部作全体が「一人の人間が、子供から大人に成長して行く過程を描いた物語」と中村は述べるが、それは田舎に於ける子供時代が色濃く描かれている第一作の『死の影の下に』に特に著しい。

さらに、『死の影の下に』は「書斎に帰り、机に向かってペンを取り上げよう」という決意で終わる。斯くして『贋金づくり』や『パリュード』のように小説を書く小説家自身を取り上げる小説が成立する。それゆえに、ことさらに『死の影の下に』を「最初のロマン」として発表し、その決意を我が物として表明し、実行したのだろう。「ロマン」の創作を志向した堀のことを中村は回想して、「その後の私たち（＝中村と福永）は、堀さんの夢を裏切らなかったと思う」と後に書きつけた。それは盟友福永の死の直前のことであった。

大河小説や全体小説の要素を『死の影の下に』に見つけることは簡単だろうが、ここに教養小説の要素まで投入し、ジッドを髣髴とさせるような小説を物したのだから、作者の野心も中々旺盛なものがあったというべきであろう。中村がどこから来たのか、そしてどこに向かおうとしているのか、その源流と決意を知る、《romancier》たらんとする覚悟を示す一冊として推す所以である。

特集《中村真一郎、この一冊》

「空に消える雪」を朗読して

松岡みどり

生前の中村先生は、ある時、講談社の文芸文庫で出版された『死の影の下に』を、手にとりながら「みどりさん、僕の『死の影の下に』を読んだ?」と尋ねられた。一九四七年のデビュー作すら、私は読んでいなかった。たくさんの著作があり、古今東西の文学に造詣の深い先生の身近におりながら……。読んでいないことを知ると、中村先生は、文庫本を手に取り、サインをして『死の影の下に』を、下さった。そして「僕が『死の影の下に』を書いたことを、知らない人が多いのよ」と付け加えられた。それから、お会いする度に、先生は「読んだ? どうだった?」とお尋ねになり、私の感想をうなづきながらお聞きになっていらした。また、あると

き軽井沢の別荘で、分厚い本を二冊手にされ、「みどりさん、小田の『ベトナムから遠く離れて』を読まない?」と下さった。小田実さんの『ベトナムから遠く離れて』は、全三巻であるけれど、先生は、二冊を私に渡しながら「みどりさんだったら、きっと、小田のこの本を読み終えるのに、二年は、掛かるだろう……」と、おっしゃった。先生の亡くなる年の夏の六本辻の六辻草舎でのことだから、もう二十三年余り前になるが、お恥ずかしいことに、未だ本を開くことが出来ずにいる。

さて、今回の《特集　中村真一郎、この一冊》に、取り上げたい作品は、私が朗読させて頂いている「空に消える雪

――紀元九世紀の日本の一女性の手記からの抜粋」である。

この「空に消える雪」は、故・芹沢光治良先生のご自宅のサロン・マグノリアで、四女で、ピアニストの岡玲子さんのピアノ演奏を朗読の間に入れて取り組んだのが、最初のことだった。

時代は九世紀であるが、玲子さんは、エリック・サティの曲を選択下さった。このことは、中村先生の作家として前衛であることを、改めて思わせてくれて、また、玲子さんとのリハーサルで、この「空に消える雪」の語りとサティの曲が、とてもマッチしていることに驚いた記憶がある。

また、二〇一八年の三月二十一日、二十四日に、同じく芹沢光治良先生のサロン・マグノリアで、岡玲子さんのピアノと私の朗読で、その年の三月五日が、中村先生の百歳のお誕生日にあたるので、「生誕百年記念朗読会～「空に消える雪――紀元九世紀の日本の一女性の手記からの抜粋」～」を開催した。

二日にわたっての朗読会はあまり聞かないが、玲子さんが、せっかくだから二日にわたってと、後押しをして下さった。

一日目の二十一日は、春分の日。この朗読会の朗読が終盤に差し掛かったとき、お客様が「あら、雪が降ってきたわ……」と小さな声を発した。朗読会が終わって、サロン・マグノリア三階の窓から眺めると、確かに春の雪が舞っていた。

中村先生の魂が、雪を降らせて下さったのか……。

中村先生は、悪戯好きのところが、あるのでこの朗読会に来て下さってお客様を、驚かせたのでしょうか……。

ところで、昨年二月からコロナ禍に見舞われ、私も自粛生活を余儀なくされて、もう一年になろうとしている。

サロン・マグノリアで、朗読の機会を与えて頂いて以来、改めて「空に消える雪――紀元九世紀の日本の一女性の手記からの抜粋」を、声に出して読んでみた。五十分近くの作品である。中村先生は、古今東西の文学に造詣が、深く以前平安時代の宮廷サロンや、江戸時代の文化文政時代、それらの時代に生きてみたかったと伺ったことがあり、王朝派として数十年に渡る教養が、この作品にも生かされている。

この「空に消える雪」は、主人公の「私」が、一緒に住む従兄の賀陽《かやの》春年《とよとし》への思慕を、語りという形式で書かれている作品である。

この物語は、承和三（八三六）年、「私」は、十五歳になり春年十七歳のときに、二人の叔父にあたる小野篁《おののたかむら》が、遣唐使として唐《もろこし》へ出発するところから始まっている。ただし、筑紫の港から出発した小野篁は、五島の先で逆風にあって二回続けて渡海に失敗し、京に戻ってきた。

遣唐使は、日本が唐に派遣した使節であるが、遣唐使船には多くの留学生も同行したそうだ。そしてわずか十七歳で春年が、文章生《もんじょうしょう》になって叔父の小野篁の後ろ楯によって、承和五年に親友の朝野鹿島と入唐（日本から唐へ、特に留学生が唐に渡ること）した。当時留学生は長安まで行くことが許されず、春年と鹿島は揚州で勉強をした。ところが、春年は揚州での、学問に飽き足らず請益生《せいえきしょう》の伴教授の従者として、とうとう長安まで上って行った。

「私」は春年の帰りを、ただただ待ちわびた。一緒に渡った朝野鹿島は、一年余りで帰り父親の朝野鹿取《あさのかとり》の国史編纂の手伝いなどをして、又、渤海の使節が長門に到着した折に、従兄の春年の消息が分かるかもしれないと、尽力してくれたりもした。

もう春年が唐に渡って、十年余りが経ち、そんなある日、新羅の船で遣唐留学僧の円仁が、一人の日唐混血児の娘を伴って上京された。その娘の父親は、春年だという。そして春年は、娘の母親が亡くなったので、日本によこして「私」に育ってて欲しいと、頼んできた。七歳になる春年の娘は、喜娘《きじょう》という。春年が寄こした喜娘を「私」は、春年への思いの証しのように可愛がった。また、留学生として唐に渡り残った春年と朝野鹿島とは、人生の道がすっかり変わってしまっていた。

そんなある日、喜娘が唐に帰りたいと言う。もう喜娘は、十七歳になっていた。春年が唐に渡って、日本に戻らなかったことを、「私」は思うと、喜娘には、春年の魂が、潜んでいて、春年を、引き戻すことが出来なかったように、喜娘へどんなに反対しても無益だろう……と、「私」は、思った。

もう「私」は、三十八歳になっていた。時は貞観元（八五九）年。この「空に消える雪」の最後は、「うけもあへず空に消えつつ降る雪をなどか頼まむたもとぬらしに」と、和歌で締め括られている。もう春年はこのまま唐に残り、唐の地で死を迎えるのだろう。中村先生は、春年のことを「不思議な夢に憑かれた、ひとりの日本人が華やかな世界の中心に引き寄せられて……」と、書いているが、「私」は春年の夢の蔭で、春年を想い、静かに年をとって行く。ただ、「私」が、選んだ一生が無意味なものだったとは、信じたくない思いであった。

この「空に消える雪」は、一九五七年『群像』四月号に掲載された。一九五七年つまり昭和三十二年は、敗戦から十二年経ち、戦後の復興から国民の生活が、急速に進んでいったような時代であった。子どもの頃、フルブライト奨学金なる言葉を聞いたことがあったが、中村先生と懇意になさっていた小田実さんも、フルブライト奨学金でハーバードへ留学をしたと、聞いたことがある。あくまでも、私の想像だが、アメリカへ留学する日本人が、多くなった時代に、中村先生はご自身の好きな時代を舞台に、筆を走らせたのではないかと、思いを膨らませている。又、この「空に消える雪」を、朗読した折に、会場に来ていた方から、お声をかけて頂いた。「よく、『空に消える雪』を選び、朗読されましたね。この作品は普遍的な作品で、どうか朗読を続けて欲しいし、また、中村先生の他の作品の朗読を続けて欲しい。」と、励ましを頂いた。今回《特集　中村真一郎、この一冊》に、「空に消える雪」を取り上げて、改めて中村先生の作品を朗読していかなければ……という想いを強く持ちました。

【資料】「作中人物」

賀陽豊年　七五一―八一五年。この小説では、「私」と春年の祖父にあたる。文章博士・播磨守などをつとめる。経史に精通、その文才世にきこえる。後の平城天皇の教授にあたる『凌雲（新）集』にその詩を収める。

小野篁　八〇二―八五二年。この小説では「小野の叔父さま」と言われている。遣副使に任ぜられるも、大使藤原常嗣の専横を怒って病と称して命を奉ぜず、隠岐に流される。『西道謡』を作り、渡唐を批判したとされる。のちに召還され、参議となる。詩文に長じ、博学世にきこえた。『経国集』『和漢朗詠集』『古今和歌集』にその作を収める。また、『令義解《りょうのぎげ》』を撰。

＊梅の花に雪のふれるをよめる

「花の色は雪に混じりて見えずとも香をだに匂へ人の知るべく」

（『古今和歌集』巻第六「冬歌」所収）

朝野鹿取　七七四―八四三年。この小説では、朝野鹿島の父にあたる。八二一年入唐。後の嵯峨天皇の侍講を務める。『日本後記』『内裏式』の編纂に携わる。「文華秀麗集」

円仁　七九四―八四二年。最澄に師事。八三八年入唐し、天台教学・密教などを修学。八四七年に帰国。諡号は、慈覚大師。

＊右記は、朗読の際に、資料として配布したもの。「紀元九紀の日本の一女性の手記の抜粋〜空に消える雪」解題（作成者・三坂剛）より抜粋。

中村真一郎の「薔薇」を追って

短篇「虚空の薔薇」と初期の詩

朝比奈美知子

私自身がネルヴァルを専門としていることもあり、中村真一郎を読むときには、ついネルヴァル的なものを探してしまう。短篇「虚空の薔薇」(1)に眼を留めたのも、そこに中村の文学の出発点となったこのフランスの詩人(2)を想起させるいくつかのモチーフが見られたからである。

まず粗筋を辿ろう。語り手「私」は書斎の奥に忘れられた古びた紙包みを見つける。その紙包みから現れたのは、祖母の従兄にあたる人物が残した一綴の絵本であった。明治初期に生きたその人物は、立身出世を夢見ながら病魔に侵され若くして亡くなった。絵本とは、正確に言えば、その人物が病床の徒然に西洋の本の挿絵を帳面に写してまとめたものである。頁を繰るうち、「私」の記憶に、同じ絵本を見ながら傍らで祖母が繰り返す薄幸の青年の話に耳を傾けた幼年時代の情景が蘇る。一つひとつの絵は、病苦にあえぐ青年が、訪れたこともない異邦の絵画を頼りに探し求めた夢の跡であった。深夜の書斎で絵本の頁を繰りながら「私」は薄幸の青年の夢を辿る。

最初の絵は、一面に花の咲き乱れる野原で円舞する白衣の少女の絵である。青年は、その情景の片隅に飛白《かすり》の着物を着た少年を描き加えている。次の頁には、片手に一輪の花を持った美の女神と思しき裸女が描かれている。少年を思わせるような小さな腰をしたその女は、「私」には、女というより、どこか抽象的な存在に思える。次の絵には洞穴で琴を持って岩の上に腰かけた人魚が描かれている。人魚は何かを歌っているようでもあり、大海の波の音に耳を傾けているようでもある。薄幸の青年は、その洞穴にも一人の青年の白い裸体を描き加えている。眠っているように見える青年は幸福の表情を浮かべている。

ここまで来た「私」は、不意に古い詩の一節を思い出す(以下は短篇中に引用された詩句である)。

……私の額は今も尚、女王の口づけに赤らむ。
人魚の游ぐ洞穴のなかで、私は夢みていた……
[……]
……オルフェウスの七弦琴の上で、交るがわる
聖女の吐息と仙女の泣声とを奏でながら……

この詩句はネルヴァルの最高傑作と言われる『幻想詩篇《レ・シメール》』(3)の冒頭の詩「廃嫡者《エル・デスディチャド》」である。ネルヴァルの詩の「私」(=ネルヴァル)は、夢の中で洞穴の人魚に誘われ、失われた最愛の女を求めて古代の詩人オルフェウスのごとき地獄下りを想像裡に企てる。

続く頁には、深い森を背景に並び立ち手を取りあう男女の絵が現れる。その絵の隅にもはじめは飛白姿の青年が描かれていたらしいが、のちに塗りつぶされ、今では岩が描かれている。さらに後の頁には、頭髪をなす蛇が互いに絡まりのたうち噛みあうすさまじい様相を見せるメドゥーサ、赤ん坊を抱き背輪を抱く母親の像、怪竜と闘う騎士、一面の砂漠の奥にある石の建物へと歩み続ける蟻のごとき人間の絵が続く。この荒野の苦行の情景の後の頁には、正面を向いて長い髭を垂らした荘厳な老人が描かれている。

頁を繰りながら「私」は常に自問する。一連の絵は、不幸な青年が憧れの西洋の絵を写すという手段で形にした、果しえなかった人生の象徴なのか、あるいはまた、彼が生きた時代に世界が経験した闘争と破壊の顛末の象徴なのか。

さらに幾枚かの絵をはさみ、最後の頁に描かれているのは、何の背景もないところに、茎から切り離されてもぎ取られ、あたかも空から降ってきたかのように配置された白薔薇と思しきものである。おそらく気力も体力も失われ仰臥したままの青年が紙の白そのままに、彩色することもなく描いたのであろうその薔薇を見た「私」はふと、空から降ってくる白薔薇は画面よりも空想の中で見たほうが美しかろうと思いつき、目を閉じ想像力を通じて見ようとする。その瞬間から「私」は「画面のなかの『私』に吸収され」、画像の中で青年を追いながら「『私』の方の記憶が甦《よみがえ》ってくるような予感」を覚える(二〇)。夢想する「私」が現れたことを契機に絵

の情景が生きたものとして動き出し、「私」はその中を絵本の登場人物として進んでいく。

「私」は、再びあの人魚の洞穴にいた。そして、ほの暗い洞穴で人魚の歌に誘われ、現在からも歴史からも離れ、時空を超えてほしいままの時を生き、超自然的な夢を追おうとする。だが、その夢は破滅を呼ぶ悪夢でもある。人魚は、始まりの時から、黄金時代の徒なる夢で人類を誘い、それに惹かれた人間たちを岩に変えてきた。塗りつぶされ岩に取り込まれたかの薄幸の青年もその犠牲者にほかならない。

「虚空の薔薇」には、「廃嫡者《エル・デスディチャド》」以外にもネルヴァル的なイメージが感じられる箇所がある。絵本の最初の頁の少女の輪舞は、ネルヴァルの故郷ヴァロワ地方を舞台にした幻影の女性の探究の物語『シルヴィ』(『火の娘たち』所収)の語り手「私」が幻《シメール》の女性アドリエンヌと遭遇した幼年時の記憶の風景を彷彿とさせるのであるし、「私」が絵本の中で次々に眼にする世界の様相は、夢の中に失われた女性を求める『オーレリア』の主人公が夢の地獄下りで遭遇する世界を連想させるとも言える。中村は短篇の中で夢の旅人となった「私」を通じてネルヴァル自身の想像世界の遍歴を追体験しているかのようだ。

ところで、ネルヴァルの夢の探究がそうであったように、この短篇においても、夢の世界への参入と一体化を志向する力と、夢が提示するものを理性に照らして分析しようとする力がつねにせめぎあっている。異国の夢の情景の傍らにみずからを描き込み、やがて岩と化した薄幸の青年は、夢への没入を選んだ。一方「私」は、夢への没入に惹かれながらも意識的分析の眼を保持しようとする。その意識的な眼から見れば、絵本の絵は瀕死の青年がみずからの孤独を慰めるために耽った逃避的な夢の跡にすぎず、夢想裡の旅の末に見出されたのは、青年の生きた明治初期から「私」自身が生きる時代までの八十年の間に起こった破綻、すなわち西洋文明の導入とそれにより引き起こされた帝国の破滅の歴史にほかならない。洞穴の人魚は人間を徒なる夢へと誘う幻《シメール》であり、存在の始めのときから人類は同じ夢に誘われて夢への没入と破滅を繰り返しているのだ。

こう主張する「私」に対し、絵本の中の老人(=夢の世界に溶け込んだ青年)は、黙って首を振り虚空を指さす。そこには一輪の薔薇を持つ女神がおり、その花びらを引きちぎっては虚空に投げ出している。投げ出された花びらは虚空で新たに生まれ、女神の手に戻り、再び引きちぎられ、下界へと降るのだった。

短篇ではこの白薔薇の下降のイメージの源泉については触れられていないが、ネルヴァルの読者ならおそらく「廃嫡者《エル・デスディチャド》」と同じく『幻想詩篇』に収められた「アルテミス」の白薔薇を想起するだろう。「〈十三番目〉が来る。それはまた一番目」という謎めいた詩句で始まるこの詩において詩人は、墓の闇の中で永遠に循環する時の夢想に浸り、時にはみずから墓に入り死した王を慰める女王、時には海を渡った薔薇という意味を持つ立葵（rose trémière）を持つ女、時には菫色の芯の薔薇を纏う聖女、と変容を重ねる女の幻影を追う。そして最後に、虚空に呼びかける。

白薔薇たちよ、落ちよ！　お前たちは我らの神を侮辱する。
落ちよ、白い亡霊よ、燃え上がるおまえたちの空から。
――私の目には、深淵の聖女のほうがより聖らかなのだ。(4)

「白い亡霊」と名指される白薔薇は、人を惑わす妖かしの薔薇としてのイメージを帯び、涜神の印としての薔薇を浴びる詩人は、異端の逸楽に浸っているようにも見える。だが、「アルテミス」の詩人が夢想裡に見る立葵（rose trémière）、菫色の芯の薔薇は、夢の中でネルヴァルが探し求める永遠の女性の象徴でもあり、詩人を試練から救う救済の印となるものでもある。さらに、ゲーテに深く傾倒していたネルヴァルは『ファウスト』の翻訳者としても知られているが、その第二部の終わりには、悪魔に魂を売ったファウストの劫罰の終わりと神の許しの象徴として天使が白薔薇の花を撒くという場面がある。ネルヴァルの白薔薇は、さまざまな伝説や書物の薔薇のイメージを担い、真と偽、聖性と魔性、救済と破滅、死と再生の両義性を帯びているのである。

それでは中村の短篇の白薔薇の降下はどのように読み解くべきか。

天空からの薔薇の降下を見た「私」は自問する。「私たちが、あの女神の指となりさえすれば、全ての苦しみは耐えられることになるのだ」（二〇）。ネルヴァルが熱に浮かされた妄想に浸りながらも、現実と夢を隔てる「魔法の鏡」（『シルヴィ』）を破壊して女をみずからに引き寄せることは決してなく、つねに蜃気楼のような幻影としての女を追うのに対し、中村は、むしろ夢へのダイナミックな踏み込みを夢想しているように感じられる。女神が薔薇を引きちぎるというイメージもネルヴァルには見られないものであるが、この短篇において引きちぎられた薔薇は、その瞬間にそれぞれ新たな生命をもって再生し、そして再び引きちぎられる。つまり、女神の行為は死と再生の尽きることない循環を生んでいるのである。

実はこの短篇において白薔薇は、夢による再生のダイナミズムの象徴として描かれているように思われる。はじめ「私」が見た薔薇は、彩色もされず紙の白さのみから薔薇と想像されるものにすぎなかった。その無味乾燥な様相は、ある意味で、薄幸の青年の現生における生命の枯渇を象徴しているとも言える。だが「私」が紙面にとらわれることをやめ、想像力によって世界を見ようとしたその瞬間から、「私」の周りで世界は動き出し、変貌し、しかも「私」自身を夢の生命の担い手として引きこむ力を持ちはじめる。はじめそれ自体としての色さえ持たなかった薔薇だが、夢の中に溶け込んだ「私」はそれ手に取り、「強烈な匂い」に誘われるように「超自然の世界」に「惹きこまれて行く」（一八）。花を手にして立っていた裸女（あるいは美神）も変貌している。絵本の紙面では少年のごとく不自然なほどに小さな腰をして立つその女は、官能の対象としての女というより、「抽象的な『人間』」、または「全ての善なるもの、文明的なるもの、全ての希望の象徴」（一三）と見えていたが、「私」を惹きこんで生命を得た夢の風景に現れた女は、「優しく控え目な日本の娘たちのだれよりも（……八十年前の日本の娘たちの誰よりも）、大地にしっかりと両足を延して立っていた、あの黄金の髪をした女」（一八）に変貌している。つまり、夢に溶けこむことで「私」が見る世界は、理性のみで捉えられたのとは異なる、自然に根ざした生命の濃密な力を獲得しているのだ。白薔薇を引きちぎる女神の指に溶けこむことは、生命の神秘を司る者に同化することであり、生命の神秘そのものに分け入ることだ。「私」はその夢想に恍惚として白銀の薔薇の雨を浴びようとする。しかし、まさにその時、新聞記者の催促の電話が鳴り、「私」は現実へと引き戻される。この短篇には、越えられない現実の敷居の枠が設定されている。人魚の誘いを受け入れ女神の指に同化しようとした夢の冒険の顛末は、お伽話に比せられる一瞬の夢であったのかもしれない。

　しかしながら、中村自身はかねてからお伽話、彼の言葉を用いれば童話《メルヘン》の中に文学に新たな命を吹きこむ力を見出していた。夢に「惹きこまれる」こととは、小児のごとき「無制限な、極度に受動的な態度」をもって、未知の領域からやってくる夢が「現実の枠を押し破る」のに任せ、その不条理とも言える世界をそのまま受け入れることである（『私の古典』、二八八）。その魔法を受け入れる者は、「現実的な諸条件から離脱する自由」と「生気なき土地に人間を結びつけている根を解放する力」を得る。その意味において中村は、童話の中に「文学の古い故郷」、「人間本性の偉大な原始的な感動の表現」を見出すのだ（「『嵐』（シェイクスピア）」、『私の西欧文学』、八）。

　もともと中村は、ネルヴァルによる夢の復権の企てを辿りながら、つねにその根底にネルヴァル自身が深く傾倒したドイツ・ロマン派の文学運動の霊感を見ていた。中村がその核と見なしたのが童話である。中村は、『嵐《テンペスト》』や『真夏の夜の夢』などといったシェイクスピアの夢幻劇にも童話的想像力を見出し、それらからドイツ・ロマン派に繋がる系譜の中に「単に比喩《アレゴリー》としてでなく、真にそれ自身一つの夢と化した」文学作品の例を見出すのだと述べている（「ネルヴァール」、『私の西欧文学』、一五〇）。そして、夢と化した作品について中村は次のように述べている。

我々の思想と感覚とは、夢を通って毎朝、新鮮さを取り戻す。作品が一つの夢となるとき、それは現実への回癒の力を持つ。（「脱出」、『文学の方法』、一四三）

童話の中に中村が見ていたのは、こうした意味での生の再生をもたらす夢のダイナミズムである。

実は、中村の初期の詩においてはすでに、薔薇と女をめぐる死と再生の夢のイメージが繰り返し現れている。以下に『極みの時』（一九四一）と『愛の歌』（一九四二）からいくつかの詩句を引用しよう(5)。

若い薔薇、白い女王、何處へ消えた？
森蔭の吹上は息を途絶える。
喪服着た銀の雲、假面と冷えた、
草木らは罪を振り落し顫へる。……
（「世の終り」『極みの時』、『詩集』、一六）

時が流れる、花火の中に
私を暗く置き去りにして。
凍つた薔薇を淵に降らして、
遠ざかる挽歌もきららかに！
〔……〕
女王よ、ああ、想ひ出の墓に、
あなたの唇は冷えて了つた？
私は暗く死に残つた、
時が流れる、花火の中に。
（「黒い陽」『極みの時』、『詩集』、二六―二七）

薔薇は流れる、香る澪。
歌ふ鐘の音。溶ける波。
鷗の群に揺らぐ髪。
新しい日の閃きを！

花咲く夢の木の間より、
時　滴垂れ、岩陰に
我は眼醒める。夕凪に

遠く漂ふ喪の香り。

(『愛の歌』「I」、『詩集』、三六)

見よ、泡分けて生まれ出る
女人の肩に光る陽の
真珠母色に。金色の
汗は乳房に匂ひ出る。
〔……〕
全ては流れ、明らけく!
天には清い天使らの
舞の足取。散る花の
中に宇宙はめくらめく。

(『愛の歌』「V」、『詩集』、四四―四五)

これらは中村が一九四〇年代に試みた押韻定型詩の一部をなす。発表年代からして(註2参照)、ネルヴァルの影響は当然あったと思われるが、中村がより広く古今の詩人から霊感を汲みながら自身の詩を作り上げていったことがうかがわれる。この初期詩篇について中村は、一九八〇年刊行の『詩集』のあとがきとして書かれた「押韻定型詩三十年後」において、「ほとんど不意打ちのようにして、この私の若い文学的試みが、正に私自身の魂の故郷のように見えはじめて来た、私の仕事の根源が思いがけなくここにあったという開眼が行われた」(「押韻定型詩三十年後」、『詩集』、一六九)と述べている。中村によればその感覚は、押韻定型詩という形式の冒険のみならず、詩の内容にも関わるものだった。同じあとがきで彼は、『死の影の下に』には自身の文学的出発を見るが、「この詩集にこそ、私はより根源的で、又、多様な私の自己探求を見たいと思う」(同、一八四)と述懐している。さらにここに引用した二つの詩集のテーマについて、『極みの時』の詩篇は「愛による孤独の脱却、自我の限界を突破し得た恍惚の時間への讃美と、そうした陶酔の遠ざかった時の絶望とを交互に歌って」おり、『愛の歌』は『極みの時』の様々な主題を、「ひとつの映像の流れとして捉えよう」とした、と述べている(同、一八五)。また、ここに引用はしていないが、中村が、「極端な内面的凝縮」に達した詩であり、「孤独な、不安に満ちた青春のなかを、必死に生き抜こうとしている、病身の青年の悲鳴に似た嘆き」(同、一八五)であると述べている詩篇『頌歌』も、短篇「虚空の薔薇」の青年の苦悩と夢想と通底するものを持っている。

そうした中村の想像力の根源をなすイメージを帯びた薔薇が、十数年を経て、短篇の中にふたたび現れた。しかしながら、その再来は、幾分の皮肉を帯びた留保つきの再来である。中村は、『中村真一郎詩集』のあとがきで、一九四六年発表の『冬の組曲』以降、「詩というジャンルが、もはや私の全体を盛るうつわではなくなった時期に入った」（同、一八七）と述べている。つまり、彼は「小説の季節にさしかかった」のである。それはまた、根源的な夢想への没入から、分析への移行を示す。しかし、夢への傾斜、夢が織りなす死と再生のダイナミズムは、以後も中村真一郎の創作を根底から支えるテーマとなる。懐疑の時代の子としての覚醒した意識を保持しながら、時として中村は、夢に溶けこむことが可能であった魂の故郷を探す。「虚空の薔薇」で中村は、近代小説の枠の中にそんな故郷を、哀悼と幾分の皮肉をもってすべりこませた。これは、懐疑の時代にふと咲き出たひとつの薔薇のような童話である。

【註】

（1）「虚空の薔薇」『中村真一郎小説集成』第八巻、新潮社、一九九二年、一一―二〇頁。初出は『群像』一九五七年一月号。この短篇からの引用は同書から行った。括弧内は引用頁を示す。

（2）中村は、一九四〇年に東京大学の卒業論文としてネルヴァル論を提出している。『私のフランス』（新潮社、一九九七年）第四章「ジェラール・ド・ネルヴァル論」は、もともとフランス語で書かれたその論文をのちにあらためて日本語にしたものである。

（3）シメール chimère（＝キマイラ）とは、ギリシャ神話に出てくる頭と胸が獅子、胴が山羊で、竜の尻尾を持ち口から火を噴く怪物であるが、転じて、ありえないような空想、幻想、幻影あるいは悪夢の意味を持つ。

（4）訳は以下から行った。Gérard de Nerval, « Artémis », *Les Chimères*, *Œuvres complètes*, Gallimard, « Bibliothèque de la Pléiade », tome III, 1993, p. 648.

（5）中村の詩の引用は以下から行った。中村真一郎『詩集』、思潮社、一九八〇年。括弧内は引用頁を示す。

＊文中の中村真一郎の評論の引用は以下から行った。括弧内は引用頁を示す。

・『中村真一郎評論集成1　文学の方法』、岩波書店、一九八四年。
・『中村真一郎評論集成2　私の西欧文学』、岩波書店、一九八四年。
・『中村真一郎評論集成3　私の古典』、岩波書店、一九八四年。

＊＊なお、ここで言及するネルヴァルの作品については、以下の翻訳および注を参照されたい。中村真一郎・入沢康夫監修、田村毅・丸山義博編集『ネルヴァル全集』全六巻、筑摩書房、一九九七―二〇〇三年、とくに第五巻（『シルヴィ』、『オクタヴィ』、『幻想詩篇』を含む）、第六巻（『オーレリア』を含む）。

特集《中村真一郎、この一冊》

ネルヴァル『幻想詩篇』からの創造

『時のなかへの旅』

田口亜紀

名作といわれる文学作品は、過去の遺産に負っていることが多い。たとえば、時空を超越した旅ということでいうと、ウェルギリウスはダンテに、ダンテはネルヴァルに、ネルヴァルは中村真一郎に、遺産を受け渡した。

今号の特集のために与えられたお題は「中村真一郎、この一冊」。一冊に絞るのは難しいが、ウェルギリウス、ダンテ、ネルヴァルの系譜における文学的遺産相続という点から、『時のなかへの旅』（思潮社、一九八一）を挙げようと思う。『時のなかへの旅』は中村作品には珍しい「散文詩」である。中村自身、「小説家としての私にしては珍しい叙情的作品」であると断っている。形式としては、「いわゆる小説ではない。むしろ散文詩に近い」と定義し、さらに読者には「詩として読んでいただいて、一向に差しつかえはない」し、「一種の形而上的散文というジャンルに属するもの」として受け取られたいと述べている。

『時のなかへの旅』は「坂道の幻想」「海辺の幻想」「寺院の幻想」の詩篇からなる詩集である。中でも「坂道の幻想」は直接的にネルヴァルから詩的源泉を汲み取ったものだ。その章題のもととなった詩句を挙げよう。一、「わが唯一の星は死に……」、二、「差し出される薔薇は喪の花だ……」、三、「私の額は今なお、女王の口づけに赤らむ……」、四、「人魚の游ぐ洞穴のなかで、私は夢見ていた……」、五、「聖女の吐息と仙女の泣声とを奏でながら……」、六、「私は知っている、何故、彼方で火山が花咲いたかを……」、七、「空は虹の肩掛のしたに輝いている……」、八、「私は三度、地獄の河に投げ入れられた……」、九、「それは死だ――死の女だ……ああ、幸福だ！　苦しみだ！」、十、「いつも立ち返りくる、恋の歌を……」、十一、「いつも同じ女だ――同じ束の間《つかま》だ……」、十二、「揺籠から棺のなかまで、愛してくれる女を愛そう……」、十三、「十三番目の女が帰ってくる……それはまた最初の女だ」。これらはネルヴァルの *Les Chimères*『幻想詩篇』（中村訳では『悪夢篇』）の詩句から採られている。一、三、四、五は「エル・デスディチャド」、二、九、十一、十二、十三は「アルテミス」、六は「ミルト」、七は「ホールス」、八は「アンテロス」、十は「デルフィカ」からの引用である。詩集の巻末に作者自身による「註」がついていて、ネルヴァルの原文が引かれている。かつ詩自体にも批評的視点を備えており、翻訳、批評活動と文学形式の模索という中村のライフワークが結実した作品としても特記すべきである。

印象的な場面を見てみよう。五、「聖女と仙女」で、中年男は街の中で、「無数の男女の顔の重なりのなかに、唯ひとりの女を求め」たり、逆光のなかに浮かび上がった女の顔に「少年時代から彼の夢想のなかにあった女王の面影を帯びる」のを見たり、「ひとりの女の顔のなかには、そのようにして無数の先祖たちや、あるいは空想上の人物の顔」や、女神の姿を認める。「ひとりの女の顔の奥にある別の顔が、更に別の顔と交替した」のだった。イメージの連想、異なる時空間のつらなり、記憶の蘇り、特権的な啓示の瞬間、個人の自伝や精神史が世界史、人類史に合流するスケールの大きさ。これは『幻想詩篇』同様、『火の娘たち』に所収されている「シルヴィ」や、『オーレリア』の手法と主題とも重なる。もっともネルヴァルの作品世界でもテーマは有機的につながっているのだから驚くに値しない。

『時のなかへの旅』は『四季』の第三作『秋』の執筆時期と重なることから、描かれる風景は小説の場面に通底する。しかしながら、詩というジャンルがナラティヴの枠組みから自由にしている。「坂道の幻想」は、映像を喚起し、まなざしが捉える風景が、それを捉える人間の内的風景に取って代わり、よみがえる思い出が時空を超えた概念となって、詩のことばが刻まれる。終章の「十三番目の女が帰ってくる」の詩句に象徴されることはなにか。時間の迷路をさまっていた「私」は、立ち返ってくるのが、女の顔というより時間そのものだということを認める。『時のなかへの旅』は、未来に向かって開かれるのではなく、円環構造を形作るのだが、それは閉じられるのだ。

中村は本作の読者に「知的であると同時に、官能的な陶酔に自然に味って《〔ママ〕》」もらうことを願った。案の定、詩集は知的な奥行きと、感覚的な繊細さを兼ね備えている。

さて、中村の文学的出発点にネルヴァルとの出会いがあることは、中村の歩みからも、また自身の告白からも明らかである。大学の卒業論文のネルヴァル研究では飽き足らず、やがて中村は『火の娘たち』に収められた『幻想詩篇』を糧とした。ネルヴァル自身『幻想詩篇』にはそうとうのこだわりがあった。ネルヴァルは複数の詩を行き来して詩節を入れ替えたり、詩句を変更したり、タイトルを変更したり、過去に自分が書いた詩を取り上げて磨きをかけた。

作品の解釈と翻訳は、文学創作と分かちがたく結びついている。中村はネルヴァルの翻訳者でもあった。ネルヴァルが自作に導入していた自己言及や自己を振り返る視点を、中村もまた自作に取り入れた。さらに中村は「方法」に意識的であった。自身の経験から記した翻訳論によると、フランス語を日本語に置き換える作業の中で、翻訳で重要なのは、形式の移植である。原書の思想だけでなく、表現、文体をも翻訳するのである。

以上を踏まえると、『時のなかへの旅』は、叙情的散文詩という形式の実践といえるだろう。

＊　ネルヴァルが『幻想詩篇』にこだわった経緯については、クロード・ピショワ、ミシェル・ブリックス『ネルヴァル伝』（水声社近刊）をお読みいただきたい。

特集《中村真一郎、この一冊》

『時のなかへの旅』の試み

渡邊啓史

中村さん——と、呼ばせていただく——の数多い作品の中でも此処では後期の、正確には『四季』四部作の後半に重なる時期の作品から、作者自ら小説よりも散文詩に近いとする「散文の組曲」『時のなかへの旅』（一九八二）を取り上げる。[1]

私は文学の専門でなく、大学は本郷の理学部で数学を学んだが、中学・高校と通った六年制の私立男子校が戦前、旧制中学の時代には、中村さんの——それゆえ福永武彦さんも——学んだ学校だった縁で、高校生の頃から中村さんや福永さん、また加藤周一さんら《マチネ・ポエティク》の人々の作品に親しんだ。

その古い校舎の図書室には文学全集の類を別にして、中村さんの単行本が二冊棚にあり、私が最初に読んだ作品はその一冊、恐らくは新装版で出たばかりの、まだ誰も借りていない『雲のゆき来』である。[2]私はそこに、それまで自分の知らなかった新しい世界を発見し、忽ち魅了されて夢中になった。続いて手に取ったのは同じ棚の隣に並んでいた、これもまだ誰も借りていない『詩人の庭』である。[3]これは江戸期の詩人たちをめぐる自由な、書く側の愉しんで書いていることが読む側にもよく伝わるエッセイで、私はこちらも大いに愉しんだ。

いま思えば何を何処まで理解していたか怪しいものだが、理系の高校生にとって数学や物理とは別の世界のあることを知った意味は、大きかった。また偶然とはいえ、この二冊の組み合わせは入門として実に適確だったと思う。

ちなみに以前、池澤夏樹さんにお会いした際、高校の話になって（「あ、君、開成なの？」）、このことを申し上げると池澤さんは、それは――といって絶句した後、絞り出すような声で「幸福な出会いをしましたねえ」。

中村さんには『四季』四部作以前に既に多くの作品があるが、七〇年代後半以後の作品を同時代の文学として読み、それ以前の作品を図書館や古書店で探しながら、足跡を追うように読み継いで来た「遅れて来た読者」には、後期の作品により親しみを感じるということはある。しかし此処で、その時期の作品を取り上げる理由はそればかりではない。

中村さんの仕事については既に多くのことが書かれ、論じられているが、それでも分野《ジャンル》を超え、専門領域を横断する守備範囲の拡がりを考えれば、検討されるべき可能性はまだ多く残されているに違いない。小説作品に限っても『雲のゆき来』や『四季』四部作などが繰り返し論じられる一方で、四部作以後の作品に考察の及ぶことは少ない。

『四季』四部作については、その制作時期に平行して、さらには後を追うようにして書かれた一連の作品群がある。これらは内容の上で四部作とは独立だが、同じ作者の同時期の作品として一部にその反映や余韻を呼び覚ましながら、ある程度まで、四部作以後の展開を方向附けているように見える。例えば六冊の作品集に収める《人間精神の諸領域の研究》なる総題の下に書かれた一連の中短篇は、そのような作品群であり、[4] 後に見る「散文の組曲」『時のなかへの旅』もまた、こうした系列に属する。

『四季』四部作が、これを取り巻くかのような附随的《サテライト》な作品群を持つことは、福永さんの長篇『死の島』（一九七一）と比べて極めて特徴的だろうと思う。

長篇『死の島』が福永さんを代表する作品であること、またそれが早くに構想されながら実現までに長い時間を要したという意味で、作者の半生を投入した大作であることは、中村さんの『四季』四部作と――青年時代のそれぞれの全体小説への志向に発することも含めて――よく似ている。

実際『死の島』の構想は一九五〇年代の初め、五二年頃には殆ど成立していたとされるが、それを作品として実現するためには、中期の実験的中短篇群の試行錯誤が必要だったに違いない。この前衛的長篇は結局、病気に拠る中断を挟んで六年に及ぶ雑誌連載の後、一九七一年に上下二巻の大冊として刊行される。

現在では周到な調査に拠って、この作品が結末などの一部を除いて、かなり忠実に初期の構想を実現していることが知られている。[5] 福永さんには『死の島』より早く『忘却の河』（一九六四）や『海市』（一九六八）などの長篇もあるが、『死の島』の作中人物の行動や関係が五二年頃に引かれた図面の通りに書かれていれば、作品に見る例えば倫理や罪の意識の変遷を、刊行順に並べて論じることには無理があるだろうと私は個人的に考えるが、いずれにせよ『死の島』から『忘却の河』や『海市』が派生した訳ではない。

　福永さんの場合には何より健康上の制約を考えなければならないが、そして最晩年にも、訳詩集を論じた評論『異邦の薫り』（一九七九）や筑摩書房版『堀辰雄全集』（一九七七―八〇）の編輯などの仕事もあるものの、結果として長篇『死の島』は、作者初期の構想に忠実に、中期の技法上の実験の成果を集めて実現し、ひとつの頂点として完結する[6]。

　中村さんの場合、『四季』四部作は完結して閉じた系でなく、なお多様な可能性に向かって開かれた構造体であることに注意して欲しい[7]。いま四部作に重なる時期の実験的作品を取り上げるのは、こうした試みを通して四部作以後の作品の展開を検討するための、多少の手掛りとも準備ともしたいと考えるからに外ならない。では、その作品とはどのようなものか。

＊

　散文組曲『時のなかへの旅』は一九八〇年、文芸誌『すばる』新年号に掲載され（初出[8]）、翌年の一九八一年七月、思潮社より上製本として刊行される。A5判（一四・五×二二センチ）、一四三頁。装幀・装画、司修。表紙、見返し、栞紐を緑で統一した本体を函に収める。函に捲く帯は著者の近影をあしらい、背の部分には「最新散文詩集」とある。

　作者は巻末に附す「あとがき」で、この作品について「いわゆる小説ではない。むしろ散文詩に近い」という。

> 　詩として読んでいただいて、一向に差しつかえはないし、一種の形而上的散文というジャンルに属するものと受けとってもらえたら、作者にとってはこの上もない喜びである。

また後半には、作品の背景と意図について次の記述がある。

> 　内容としては、この作品は、連作長篇小説『四季』の第三作『秋』執筆中に、とりかかったものであるために、おのずからその長篇の仕事部屋の雰囲気を連想させるものとなった。〔……〕これらの散文は意識の表面に或るイデーの現れ出る経過そのものを記述した、現象学的な記録と取れないこともないだろう。

作者は、この小説家としての私にしては珍らしい抒情的作品に、読者が知的であると同時に、官能的な陶酔を自然に味ってくれることを願う。

本文の全体は三篇の相互に独立な、しかし作者自身を思わせる同じ語り手――「私」――の語る幻想で構成される。

第一の「坂道の幻想」は、一連の過去の詩句の記憶が「私」の意識に呼び覚ます映像を、十三の断章に展開する。

予め注意しておけば、作者は巻末に註を附して[9]此処に引用されるすべての詩句が、作者が二十歳の頃、実際に試みたジェラール・ド・ネルヴァルの『悪夢篇』*Les Chimères* に出る詩篇の訳から取られていることを明かし、それらの詩句を改めて仏語原文を添えて紹介している。

夏の午前、六十歳を迎えて老いを意識する「私」は高原の火山灰に覆われた斜面の道を頂を目指して歩いている。そこは過去四十年にわたって毎年のように訪れ、夏を過した場所で、「私」はこうして青年時代の感覚を確かめることで往時の若々しさを幾らかでも取り戻したいと考えている。

そうした「私」の脳裡に、不意に「わが唯一の星は死に……」の詩句が甦る（「突然、私は時間の谷間に自分が落ちこんで行く錯覚に捉えられた」）。動揺する「私」は続けて耳元に「差し出される薔薇は喪の花だ……」と囁く声を聴く。「私」は周囲に立ち始めた白い霧の中に一瞬、血のような色の巨大な薔薇が現われ、黒く変じて行くのを見る（一―二）。

遥か異国の都市の地下鉄の入口に立つ黒い薔薇を手にした女が宙に飛び去り、続いて現われた白衣の女は、背後の光線で光背のような光に包まれながら、微かに開いた脣を、歩み出た「私」の額にそっと当てる（「私の額は今なお、女王の口づけに赤らむ……」）。霧に捲かれた「私」の意識には詩句の記憶に導かれて、かつて空想した幻想の場面が次々に立ち現われ、「私」を翻弄する。

「女王」の語は「私」を西洋の古い童話の「人魚」に（「人魚の游《およ》ぐ洞穴のなかで、私は夢見ていた……」）、また緑の服を着た「青年」に導き、「女王」は「聖女」に、さらには「仙女」に変じる（「聖女の吐息と仙女の泣声とを奏でながら……」）。その「青年」もいつしか中年男に姿を変え、ひとりの女は別の女に溶けて、人魚の泳いだ洞窟もまた異国の都市の地下鉄の入口に変わる（三―五）。

やがて霧の中に、広い庭の芝生に立つ白い夏服の少女の幻が現われる（「それは栗鼠娘だった」）。少女は何者か。記憶を探る「私」の前に、さらにラケットを小脇に抱えた運動着姿の少女の姿が現われる（「このラケット娘と栗鼠娘とは姉妹なのだろうか」）。「私」は彼女が、彼方になだらかな山肌を見せる火山の、頂上に立ち昇る白い噴煙の行方を眼で追っていることに気附く。その火山の幻影に出会った瞬間、「私」は過去のひとつの時間のなかに戻ったことを感じる。六十歳の「私」の胸に青年時代の鼓動が甦り、傍らの少女は二十歳の「私」が官能の予感を覚えた娘であったことを思い出す。

その時、唸りを上げて大風が起こり、頭上の霧が渦を巻いて動き始める。「私」は燃え上がる炎に包まれながら底知れぬ奈落へ転落する錯覚を覚える。炎の中に、耳まで裂けた口をかっと開きながら「私」を襲う「鬼女」の幻影が浮かぶ。それは先の「女王」のもうひとつの変容である(「一旦、聖女となった女王が、今また鬼女と変貌したのは、それこそ正に情欲の祟りであると、私は感じた」)。「私」は、これは地獄だ、と考える(「私は三度、地獄の河に投げ入れられた……」)(六―八)。

地獄の幻想から逃れようと「私」は霧の中の斜面を急ぐ。情欲の歓びを知った青年時代以来、何度もその恐怖の伴う快楽を繰り返しては悔恨の絶望に沈んだ「私」には、快楽を与えてくれた女たちが大いなる死の生れ変わりのように思われる(「それは死だ――死の女だ……ああ、幸福だ! 苦しみだ!」)。「私」は最早自身が霧の中に分解し、微粒子となって漂い始めているかのように感じ、そうして死の存在と化した「私」の意識は霧の中を浮遊しながら永遠の中にいる。が、その「私」の行く手には、方向を失って巻き返す時間のように、霧の中から新たな女の顔が現われる(「十三番目の女が帰ってくる……それはまた最初の女だ」)(九―十三)。

第一の幻想は、ある夏の午前、高原の霧の中に突如襲った、悪夢にも似た奔放な空想の感興を描く。六十を過ぎてなお作者の詩的想像力の根柢には、『悪夢篇』の詩人への青年時代の共感が、褪せることなく息づいていたらしい。

第二の「海辺の幻想」は、海上に現われた幻影をめぐる「私」の意識の四日間にわたる反応を、十の断章に語る。

長い夏を高原の小舎で過ごした後で、「私」は海を見下すヴェランダの寝椅子に身を横たえている。その海は四十年以上前から「私」の折々の失意や傷心に、変幻を極めた煌めきで応えてくれたが、いまは静かに生の儚さを暗示するかに見える。

その海面にひとりの女の裸身が、朝の寝台から身を起すように起き上がる(「私はその美しい肌の線に見とれながら、ふと、これはある空想上の女体なのか、それとも私が人生のある時期に、現実に眺めたことのある裸身なのかと、思った」)。「私」の意識は過去に降り、さまざまな女の姿が現われては消えるが、やがて若い娘の笑顔が浮かぶ。彼女は水着姿で、西の大陸の南の海岸のテラスでトランプ遊びに興じている[10](第一日)。

今日もまた「私」は海を見下すヴェランダの寝椅子に身を横たえている。「私」の脳裡に、十数年前のある晩春、日本の古都の夜の巷を、時折その背に腕をかけて身体を支えながら、蹌踉としてひとりの女の後に附いて歩く「私」の姿が現われる(「あれは私がその女を深く知る直前の時間であった」)。「私」は昨日記憶に甦らせた若い娘と、いま後を追う古都の女とが同じひとりの女であることに思い到る。

そこで「私」がひとつに溶け合ったその女の姿を、そっと昨日の幻影のように海上に横たえてみると、女の幻影は昨日見たよりも年を加えて成熟した姿を見せている。地上のものはすべて何処かで緩慢に年老いて行くらしい。「私」は、この幻想の裸身がさらに年を重ねた衰老の姿を見るだろうか。しかしそれには「私は、今はまだ未知のあの世から、億劫にも立ち戻ってこなければならないだろう」。何処かで時を刻む時計の音が聴こえ、「私」は思わず寝椅子から身を起す。

現実の「私」はヴェランダの長椅子に身を横たえて、眼下には光の氾濫する海面が拡がる(意識の第一の空間)。しかし象徴詩の交感作用のように「私」の心と海面との間にある共鳴が起こり、幻影の住む別の世界が生じて、昨日の「私」はそこに誘い込まれたらしい(意識の第二の空間)。ところがいま二つの世界の重なりにさらに別の次元が加わって新たに生じた世界では、肉体を失って魂となった「私」が、あの世から眺めるように現実には見ることのない女の衰老の姿を、仄かな気配として感じている――(意識の第三の空間)(第二日)。

朝、窓を打つ激しい雨の音で目覚めれば、「私」の眺望は遮られて如何なる幻影も見ることは出来ない。無数の平行線を白く描く雨の糸は、現実の視野を覆うばかりでなく、幻想の空間をも閉ざす。「私」は何処かで時計の時を刻む音が異様に高まるのを意識する(第三日)。

再び空は透明に晴れて、海面もいつもより広く感じられる(「こうした空に、西欧ルネッサンスの画家たちは、天使を舞わせたのだ、と私は思った」)。その巨大な穹窿画の幻想の下に、昨日までの女の幻影が微かに現われるが、突然その姿が崩れ、海面に呑まれて消える。私は愕然として身を起こす(「そして、地球上のどこかで、現在の瞬間、あの蒸気の彫像のモデルとなった女が、息を引きとったのだ、という確信が、胸の奥に拡がって行くのを感じていた」)――(第四日)。

第二の幻想は、幻影が意識の表面に引き起こす反応を意識の現象論として記述する。時の経過に超越するかに思われる官能的な幻影も、此処では時間の侵蝕作用を免れない。

第三の「寺院の幻想」は、死んだ旧友と再会して語り合う「私」の夢想を八の断章に構成する。全体は前の断章の最後の文を次の断章の冒頭に続けることで進行する。

「ここはどこだろう、怪しい予感が時の奥に燃え[11]……」。そう呟きかけて「私」は仄暗い闇の中に瞼を開く。続く詩句を読み上げる自身の声が記憶に甦り、そこに「そうだよ、それでいいんだ」という別の「若々しい、精気に溢れた声」が重なり、「私」は四十年前、青年の頃に、書き上げたばかりのその詩篇を亡き旧友──「両腕のがっしりした青年」──に向って読み聞かせたことを思い出す。

　そして、私が炉の火を掻き立てていると、あの男は「とうとうできたか?」と、階段の途中で声を掛けて来ながら、まるでこれから力仕事でもするように、両腕のジャケツをまくり上げたのである。友達が長い時間をかけて、精根を尽して仕上げた長詩を、はじめて読んで聴かされるのには、当方にもそれだけの心の用意が必要だということを、私に示そうとして、その男はそのような腕まくりをしたのだった。〔……〕
　彼のあの時のあの意気ごんだ腕まくりは、私自身、完成したばかりの詩を、最初に朗読しようという、二十歳の若者の心のはやりに、そのまま呼応していたのだったし、いわばその男の心はその肉体的行為によって、その時の私の心とひとつに融合したのだ。
　私のその後の人生において、他人とこのように心を溶けあわせた瞬間が、他にあるだろうか。

「私」はいま一度「君」に会いたいと願うが、最早この世で「君」に会うことは叶わない(「どこに行けば、君と会えるのか……」)(一─三)。
　夢のなかを彷徨った後、ふと気附くと「私」は明るい秋の陽射しの中、古刹の低い王朝風の手摺りに囲まれた椽に立っている。見下す池は背後の紅葉なす丘陵を映すが、不思議なことに、丘陵の山肌はこの世のものであるのに、池に映るそれは前世の風景のように感じられ、彼方の五重の塔には一瞬、幼児の姿の「君」さえも見える。「私」は前世、現世、来世の三つの世界の重なりに立って──寺院とは輪廻転生の哲学に支えられた建築であり、その空間では三つの世界が交錯するに違いない──三世を透視する視力を備えてこの椽の上に眼覚めたらしい。「私」の周囲に三つの世界の時間が合流し、逆流し、三世は互いに縺れ合って、やがてあの世から立ち戻って来た「君」と、あの世まで迎えに行った「私」は出会い、古寺の椽の上に並んで白砂を敷き詰めた庭を見下している(「ようやく君にまた会えたんだな」)(四─六)。

　「まことに音は魂を乗せる車である。そうだろう、君……」

「そうだ、この世の者たちの眼に見えない音、しかしありありと空気を伝わってくるのが感じられる音というものは、あの世の在り方とそっくり同じだ。あるいは音は、本来、あの世で生れたものが、この世にまで伝わってきて、そしてこの世の空気に居心地のよさを覚えて……」

「覚えて、この世に住みついてしまった。そう云いたいんだろう、君」（笑い）

〔……〕

「そして、ぼくたちの対話は、おのずから、あのアテナイの老賢人の説いたことに及んで行った」

「翼ある愛について……」

「そして、その翼は、今こそ、ぼくたちは判るのだが、それは音なのだ」

「音なのだ……ところで、今、語っているのは、ぼくなのか、君なのか」

「と云うことは、ぼくたちは二つの世界の流れを溶け合せることで、お互いの心をも溶け合せるようになっている」

〔……〕

「もう決して、ぼくたちは出会うことのない、二つの世界へ別れてしまったと、痛恨を抱きながら……」

「そして音のない世界のなかで、魂を乗せる車を空しく求めながら……」

「幼な子のように、心の底ですすり泣きながら……」

「もうふたたび返ってくることのない、魂の平和に憧れながら」

「そうして、そのように透きとおって美しかった時間を、前世の思い出であると信じながら……」

「前世を映しだしてくれる水の面てを、むなしく頭上の空に探しながら……」　（七）

「私」は再び「君」と心の溶け合うことを感じる（「ぼくたちはまたひとつの流れに……」）。しかし秋の陽射しが傾き、眼下に拡がる谷の一面の紅葉が突然、燃え立つように輝いて、はっとした「私」が背後を振り返ると、「君」の姿は足もとから次第に消え始めている。「私」は透視力を失いつつあるらしい――（八）。

第三の幻想は、半世紀に及ぶ交際を続けた旧友への哀惜を歌う。前世や来世を垣間見る空想の中に、此処では青年時代のかけがえのない経験の一場面が抒情的に描かれる。

この作品について、次の三点を指摘しておきたい。

第一に、変奏。独立の作品ではあるが、既に作者の「あとがき」に見た通り、この作品の制作時期は『四季』四部作の第三篇『秋』のそれに重なる。それゆえある程度まで、これを四部作の変奏《ヴァリアシオン》として読むことが出来る。実際、第一、第二の「幻想」については巻末の註に『夏』や『秋』への言及がある。また全体としても此処には、四部作に語られるさまざまな空想や夢想、内面の記述や分析を小説形式から取り出して、より純粋に、また自由に展開したかのような趣がある。これは四部作やその周辺の作品の読者にとって、愉しみなことだろう。

第二に、音楽。この作品は音楽的ないしは聴覚的効果を強く意識して書かれている。第一の「幻想」では青年時代の訳詩の断片が、恐らくは仏語原文を伴って遠い過去から響く。第二の「幻想」は幻影の変貌を通してむしろ視覚的に展開するが、後半では何処かで時計が――『悪の華』の詩人も歌ったように――冷酷無残に時を刻む。また第三の「幻想」の、前の断章の最後の文を次の断章の冒頭が掬い取るように続ける手法は、この作者であれば、ハクスリのよく知られた長篇に倣うものだろうし、終盤、ヴァレリイを思わせる「対話篇」の殆ど歌劇の二重唱のような進行は、文中に引くギリシャ哲学――「音は魂を乗せる車」や「翼ある愛」――を踏まえるものだろう。聴覚的効果は、三篇を一貫する動機《モティーフ》をなす。それゆえ、この作品の一つの可能な愉しみ方は、これを聴く――つまり、聴くかのように想像しながら読むということだろうと思う。

周知の通り作者の作品では多く、過去と現在、現実と幻想が交錯して、ひとりの女はまた別の女に変貌する。こうした夢想的な情況をよく表現する手段の一つは、朗読や放送劇の型式だろう。作者には早く放送劇の試みもあるが[12]、現在、こうした方面は――若干の朗読の機会を除けば――殆ど顧みられることがない。

私自身についていえば、私は高校生の頃、簡単な独語を読み、話すことが出来たので、独語の放送劇、所謂»Hörspiel«に比較的早くから親しんだ。駒場の大学に移って芝居を見るようになり、流行していた「小劇場」からシェイクスピアに進む頃には、新宿の東京グローブ座が年に数回、英国の中堅劇団を積極的に招聘していた。そうしたものに通っていれば、テープやCDでシェイクスピアや、例えばエリオットの詩や詩劇を好んで聴くようになるのは自然の成り行きだろう。劇や詩を耳で聴くことに幾らか慣れた読者にとって、こうした作品を、恰も虚空に響く声を聴くかのように想像しながら読むことほど心躍る愉しみはない。

第三に、背景。作中の人物や事件の原型、背景を問うことに常に意味がある訳ではないだろうが、しかし、この作品では作者自ら巻末に註を附して、例えば引用の詩句の出典や舞台となる古寺の名称などを明かしている。恐らく作者は、作者身辺の事情の一端を読者が共有しながら、またそれを通して虚構と現実との間を読者が往復しながら、この作品を読むことを期待しているのだろう。そうであれば、それもまた作者の作品の長い読者には愉しい。

例えば、第三の「幻想」に出る「私」の友人――青年時代の「私」が詩を書き上げると「とうとうできたか?」と「力仕事でもするように」「両腕のジャケツをまくり上げ」て応じる「両腕のがっしりした青年」、詩を読み上げる「私」を「そうだよ、それでいいんだ」と励ます「若々しい、精気に溢れた声」の青年――とは、何者だろうか。

此処に直接の註はない。しかし、第二の「幻想」の冒頭、眼下に拡がる海面が、人生の折々の時期に「私」を襲った友人知己との死別という衝撃、傷心を慰めてくれた、という条りに出る「そうして六十歳の今、私は半世紀に近い長い交際を続けた相手に、この夏、永遠の別れを告げなければならなかった」の一文には、巻末に短く「旧友Fへの痛恨」の註がある。

言うまでもない。第三の「幻想」で青年時代の「私」を励ましたもうひとりの青年、「私」が「どこに行けば、君と会えるのか」と問い、前世と現世と来世の交錯する空間で再会を果たす「君」こそは、この「旧友F」に外ならない。そして、第一の「幻想」で「私」の歩む高原の火山灰に覆われた斜面の道もまた、かつてはこの旧友と二人で歩いたであろうことを思えば、それぞれに忍び寄る死の予感に彩られたこれら三篇のすべての背景に、この「旧友Fへの痛恨」は昏い影を投げているように見える。

その最期の日々について、作者は別に詳細な経過と追悼も公刊しているが[13]、此処では作者はこの「旧友F」の肖像を作中の虚構として、詩的な――形而上的な――散文に、美しく定着している。そうしたことに思いをめぐらせる読者は、半生に及ぶ二人の強く深い友情に改めて感動を覚えるだろう。

作者の作品には、まだ十分正確に読まれていないものが多く残されているように思う。

*

散文組曲『時のなかへの旅』は、暗喩を通して喚起されるさまざまな映像が意識に引き起こす状態を、抒情的文体で現象学的に記述することを試みる。六十歳を迎えてなお、作者は前衛の面目を失っていない。こうした意識の記述を試みながら、また別に《人間精神の諸領域》への探求を重ねながら、作者は後期の、さらには晩年の文学的実験に向かうのである。

この「散文組曲」という形式では本書の後、やはり三篇で構成する『夢のなかへの旅』が一九八四年から文芸誌「すばる」誌上に三回にわたって分載され[14]、後に同じ書肆から刊行されて本書と対を成す[15]。内容は独立だが「形而上的散文」の試みは変わらず、『時のなかへの旅』を愉しんだ読者は此処でも相似た、しかし新たな愉しみを発見するだろう。その巻末に附す「あとがき」を、作者は次の一文で閉じている。

作者は、小説のなかでより、こうした抒情的な物語のなかで、より親密に自分自身の内奥の秘かな観念や映像と戯れることができて、幸福である。

【註】

（1）『時のなかへの旅』、思潮社、一九八一年。

（2）『雲のゆき来』、筑摩書房、一九六六年（新装版一九七七年）。

（3）『詩人の庭』、集英社、一九七六年。「第一の散歩」から「第五の散歩」まで五章。名の出る詩人は巻末の人名索引で闇斎（山崎）から蓮池（芝山）まで一三二家を数える。「あとがき」に曰く、作者は機会があればさらに『詩人の森』『詩人の丘』というような表題で、もう二冊ほどもこうした仕事を将来重ねてみたいと、今は夢想している」。私はこの本が気に入り、その「二冊」を心待ちにしたが、続篇の現われることは遂になかった。その失望を私は今に忘れない。

（4）『永遠のなかの龍』、新潮社、一九七二年、『遠い娘』、新潮社、一九七三年、『神聖家族』、新潮社、一九七六年、『死顔』、新潮社、一九七八年、『永遠の処女』、新潮社、一九八三年、『海景幻想』、新潮社、一九八八年。第一集『永遠のなかの龍』巻末の「あとがき」に作者は「できればこの領域の仕事を二十篇近く積み重ねてみたい」としたが、第六集『海景幻想』まで（初出で）十七年にわたって書き継がれた連作は計三十五篇に上る。

（5）三坂剛「福永武彦研究会」第百二十回例会発表（二〇〇九年十一月）。また「構想ノート」と『死の島』の初期の覚書である一九五二年の自筆手帳の画像は、池澤夏樹監修『福永武彦電子全集』第十八巻、小学館（二〇二〇年一月十七日配信）が、その「附録」に収める。同「解題」（三坂剛）を参照せよ。

（6）『死の島』の雑誌連載時の作品としては私が仮に後期短篇と呼ぶ六篇があり、『幼年その他』（一九六九）がこれらを集める。しかしこれらはむしろ『忘却の河』や『海市』の後に来る作品だと思う。

（7）『四季』四部作には「創作ノート」が公開されている。『小説構想への試み（正・続）』、書肆風の薔薇、一九八二、一九八五年。作者は読者が作品を読み、さらには作品と「ノート」を比較しながら読むことで、作品の成立過程を追体験し、また書かれなかった、しかし書かれたかも知れない作品を想像して愉しむことを期待している。

（8）「すばる」一九八〇年新年特大号 六―五二頁。目次には題名の下に「（一五〇枚）」と添えられ、同誌の巻頭を飾る。

初出の本文と思潮社版刊本のそれには、細かく数えれば八四箇所に上る異同がある。刊本で初出の用字や送り仮名など表記の一部を変更することはわかる（飜る→翻る、揺がせ→揺るがせ、二三歳年下→二、三歳年下 など）。しかし刊本には読点「、」の削除と追加（附け換えを含む）、長文での主語や目的語の移動、動詞の形の変更（辿っていても→辿っていっても、……いるのだった。→……いるのだ。……をかぶって、→……をかぶり、など）、文意に反する接続詞の変更（そうして→そうした、そして→そこで）が目立ち、また修飾句の重なる長文を二つに分割するという、殆ど改変に近い修正もある。推測に過ぎないが、文の前後を考慮すると、作者でなく作者の文体に不慣れな編集者が手を加えたものではないかと思われる。仮にこれらの変更を編集者の裁量としても、なお刊本には単純な誤植（現象→現実、その後の→その時の、彼女→少女、彫像→彫刻、ゆるやかな弧→ゆるやかな弦 など）、字句の脱落（その同じ女→その女、今のこの→今この）や接続詞、傍点の脱落が存在し、さらには初出の版組で一行に近い文の欠落もあって、前後の繋がりを損ねている。事情は不明だが、此処では作品を論じる際の、初出の確認の重要性を強調しておきたい。以下、本文の引用は初出に拠る。

（9）　この註は刊本に附されたもので、初出にはない。

（10）　巻末の註は、この娘が四部作の第二篇『夏』に Aurelia の名で出ることを明かす。

（11）　巻末の註は以下に引く詩句を、作者が一九四二年に書いた長詩「愛の歌Ⅳ」冒頭の二節から取ることを明かす。

（12）　個別の作品集もあるが、『中村真一郎劇詩集成Ⅰ』（思潮社、一九八四年）が放送劇を集める。その序文で、また別の処でも、作者は六〇年代に日本の放送劇が欧州で評価され、*Der Dreieckige Traum, Sieben Japanische Hörspiele, Studio Hoffmann und Campe* なる独語の選集の刊行されたことを伝えている。私はかねてこの本を、殊に作者の作品を論じているという巻末の「解説」を、一読したいと願っているが、原書は既に絶版で未だ機会を得ない。

（13）　『わが点鬼簿』、新潮社、一九八二年。殊にその後半「第二部　軽井沢日記――一九七九夏」「第三部　喪の花束――福永武彦追悼」を見よ。

（14）　「すばる」一九八四年新年特大号、一二〇―一三七頁、同一九八五年新年特大号、一一二―一二七頁、同一九八五年六月号、六〇―七六頁。ちなみに、この八五年六月号は巻頭のグラビア頁「貌」に作者を取り上げる。写真・小沢忠恭、文・三宅榛名。

（15）　『夢のなかへの旅』、思潮社、一九八六年。

特集《中村真一郎、この一冊》

『夏』再読

小林宣之

本誌に連載中の「中村真一郎に甦るネルヴァル」を休載させていただいてから三年になります。真一郎をいったん離れ、ネルヴァルの演劇との関わりや分身のテーマについて論じる段になって頓挫しているのですが、今回、それとは別に、中村真一郎作品の中から一冊を選んで論じよというお題をいただきました。これを機会に、未読のものも含めて中村作品を読み直してみたいと夢想していましたが、それもかなわないまま、これまで連載で取り上げてきた「四季連作」、なかんずく第二作『夏』を取り上げるしかなくなりました。もっとも、今回ある程度の中村作品を読み返すことができたとしても、その上で、やはりこの作品を選ぶことになるのではないか、という予感も当初からありました。また、そうでなければならなかったようにも思います。もう十年以上も前のことになりますが、この連載の端緒となった原稿を書くに際してほんとうに久方ぶりに読み直し、その後も繰り返し目を通すことになった『夏』は、ぼくにとってその都度故郷に帰ったように懐かしい、中村文学のエッセンスを閉じ込めた作品となった、と言ってよい気さえします。

その理由は、連載のタイトルに尽くされています。一八〇八年五月二十二日にパリに生まれ、一八五五年一月二十六日の払暁に同じ都市の陋巷で縊死を遂げた作家との出会いがなければ、『夏』の作者との遭遇もこれほど感銘深いものとはならなかったでしょう。それにつけても思い出されるのは、先年惜しくも他界された入沢康夫氏の存在です。ネルヴァルとの最初の出会いは学部の二年か三年の頃、入沢氏の訳された『幻視者　あるいは社会主義の先駆者たち』（現代思潮社・古典文庫、一九六八）を通じてでした。一九七三年か一九七四年のことです。一読して惹きつけられたその不思議な世界の放つ魅力は、半ばは原作者の、半ばは訳註と解説も含めた翻訳者の訳文のもたらしたものでした。卒業論文の対象選びに苦慮していたぼくを憐れんだ友人が、最近読んで面白かったというこの作品の存在を教えてくれたのでしたが、フランス後期ロマン派を代表する異才の発見は、別の友人がすでに選んだと宣言していたヴィリエ・ド・リラダン（ぼくも、東京創元社から刊行が予告されていた限定版の、したがって高額の齊藤磯雄個人訳全集全五冊を躊躇の末生協に予約したところでした）の向こうを張るに足る作家をついに見出した、という安堵感をもたらしました。『幻視者』の翻訳者が入沢康夫氏であったことは幸運でした。指導教官のアドバイスで、文学部の共同研究室に配架されている各大学の紀要類を片端から繰りながら十指に余るネルヴァル論を探し当てましたが、それらの中で出色と感じたのは稲生永氏と入沢康夫氏の論考でした。稲生氏の豊富な資料を駆使して緻密な論を組み立てていく方法論は大きな信頼感を与えてくれましたし（それらの論文が紀要に埋もれたまま書籍の形に編み直されていないことは痛恨の極みです）、入沢氏のより自由な、ネルヴァルに対する共感に裏打ちされた生彩ある論述、そのいずれにも捨てがたいものがありましたが、その後も折に触れ励ましを受け続けたのは、いつの間にかネルヴァル研究から遠ざかってしまわれた稲生氏ではなく、入沢康夫氏の継続的な著述からでした。入沢氏が、卓越したネルヴァル学者であるだけでなく現代日本を代表する重要な詩人の一人であり、また、『校本宮沢賢治全集』編纂の一翼を担う賢治研究家の顔を持っておられたことにも、氏との遭遇が単なる偶然のものではない思いに誘われました。一九八五年のことと記憶していますが、大阪市立大学で開催された日本フランス語フランス文学会秋季大会を機会に、近畿大学の沼田五十六氏の肝煎りでネルヴァル研究者の集いが開かれました。その場で初めてお目にかかった入沢氏に、日本で最も優れたネルヴァリアンは詩では入沢康夫、小説なら中村真一郎、と生意気な断言をあえてした記憶があります。恥ずべき若気の至りとはいえ、上述の思いの一端を吐露したものだったろうと思います。

「中村真一郎の会」との縁も、入沢氏康夫氏を介してのものでした。面識を得たとは言えぬまま過ぎた時の経過の中で、入沢氏と田村毅氏が始められた「ネルヴァルの会」に、井村實名子氏のお誘いで参加させていただくようになりましたが、ご自身は稀にしか出席されなくなっていたその会宛てに、「中村真一郎の会」の機関誌『中村真一郎手帖』第三号の小企画として立案されたネルヴァル小特集への原稿依頼がありました。そのような会や機関誌の存在自体初耳だったのですが、いつか酒席ででも、中村真一郎にいかにネルヴァルが深い影響を及ぼしているか話題にしたことがあったのでしょう、あなたが書いたらいいんじゃないのという声が上がり、ぼくも、かつての「小説なら中村真一郎」という放言に形を与える好機であり、義務でさえあるような気がして応募しました。この時にはもう一人、朝比奈美知子さんも寄稿されることになり、当初はぼくが研究史的な内容、朝比奈さんが作品論という分担の取り決めがなされましたが、後日、朝比奈さんから役割交替の打診があり、深い考えもないまま同意しました。ぼくにそのどちらをという希望は特になかったからですが、今思えば分担変更の意味は大きかったと思います。作品論でなければ、『夏』への言及はないか、あってもその比重ははるかに軽いものになっていたでしょう。なぜこの作品にあれほど感嘆したのか、特に女主人公に与えられたA嬢という渾名がオーレリア（Aurélia）由来という誰しもすぐに思い付く域を越えてその理由を見極め、さらにより広範な類縁の、せめてアウトラインだけでも描いておかなければならないと意気込んだのは、作品論を念頭に置けばこそのことでした。

そういうわけで、ジェラール・ド・ネルヴァル、入沢康夫、中村真一郎という三位一体を背景に、中村真一郎とネルヴァルという特定の局面に焦点を絞れば、その衝撃的な親近性の発見は、ぼくの場合、「四季四部作」の第二作がもたらしたものでした。十年にわたって続けてきた連載が中断に陥っていることも、論述の流れがいったん中村真一郎を離れてネルヴァル自体に向かい(同じことはすでに一度あったのですが)、ぼくのネルヴァル研究の、もはや長いというのも憚られる長期の中断に逢着したからかもしれません。演劇の主題にせよ、分身のテーマにせよ、これらのテーマのネルヴァルにおける意味を究め尽くせていないことに加え、中村真一郎を論じる文脈の中でネルヴァルを長々と論じることへの逡巡もありました。

それにしても、この連載のために、ぼくは何度『夏』を読み返したことでしょう。しまいにはぼく自身が書いた作品のような気さえしてきたことを思い出します。それは通常の読書の域をはるかに越えた、年に一度の帰郷の感慨に似ていました。その都度、小さい新たな発見のある、懐かしい帰郷です。ぼくの中では、四部作に対する親密度はそれを読み返した回数に比例して、『夏』、『秋』、『春』、『冬』の順になります。このライフワークの前後に書かれた小説群についても、ネルヴァルの影響を基準にその消長を測ってみたい抱負はありますが、小説に限っても中村作品をすべて読破したとは言い難い現在のぼくにとって、「中村真一郎、この一冊」は、現状では『夏』ということになります。

最後に、小説四部作と双璧を成して中村真一郎のもう一つのライフワークを構成している評伝三部作に言及しておきたいと思います。というのもある時、『頼山陽とその時代』（中央公論社、一九七一）、『蠣崎波響の生涯』（新潮社、一九八九）、『木村蒹葭堂のサロン』（新潮社、二〇〇〇）といういずれも大部の三部作の中に、もしかすると、「中村真一郎に甦るネルヴァル」の主題の新たな展開が埋もれているのではないか、という思い付きが芽生え、爾来ほのかな期待を寄せているからです。その漠たる根拠は、ジャンルの順序としては逆になりますが、ネルヴァル自身にも、この作家の文学を不朽のものとする自伝的散文作品群の成立に先立って、それまで散発的に発表してきた評伝を集大成した作品があるからです。それは奇しくも、ぼくの最初のネルヴァル体験となった『幻視者』です。「社会主義の先駆者たち」という風変わりな副題を持つ、有名無名の六人の奇人たちを取り上げたこの評伝集について、訳者の入沢康夫氏はその解説で、「『幻視者』では、伝記や研究の裏側に、ネルヴァルの個人的・体験的要素が、やはりいたるところでぴったりと貼りついていて、各神秘家や奇人は、すべてネルヴァルの精神的兄弟、あるいは分身といった観を呈している」と指摘されています。同じことが中村真一郎の評伝の場合にも言えないか、たとえば、頼山陽の神経症に自らの痼疾を重ねて親近感を覚えたエピソード（「第一部　山陽の生涯」「まえがき」）にその可能性を予感します。神経症は、ネルヴァルにおいてもその人生と不即不離の関係にある疾病でした。

三部作をすべて読み通すには相当の時日を要するはずですが、その過程で『夏』に感じた喜びをまたもう一度味わうことができるか、それが今後の密かな楽しみです。

特集《中村真一郎、この一冊》

『頼山陽とその時代』をめぐる旅

木村妙子

『頼山陽とその時代』は、私には忘れることのできない作品である。

いまでも、この長大な書物の頁を捲りながら、地模様のように並べられた無数の漢詩に目をやると、慣れない漢文学に苦労しながら読みつづけていた若いころを思い出す。むろん、努力を要する読書ではあったが、それは愉しい努力であった。あのような滋味豊かな読書体験は、初めてのことだったと思う。

というのも、そこにはふつうの書物にはない、私の求めていた面白さがあったからである。

それは、何よりも〈詩〉と〈史〉を発見できる面白さである。さらに、作家の〈想像力〉によって、小説風に読める面白さである。おかげで私は、漢詩と江戸の文人たちの世界に遊びながら、その時代と歴史を学び、同時に作家の想像力を巡る旅をしたような気分を味わえたのであった。

＊

私がこの作品を読んだのは、大学を出て出版社につとめはじめた一九八〇年ころだったと記憶している。そのころ、中村先生とは『ヘンリー・ジェイムズ作品集』の仕事で度々お会いしていたが、私は仕事の関係もあって、外国文学の翻訳ものばかり読んでいたから、江戸の漢詩人のことはよく知らず、むろん頼山陽についても、まったく関心がなかった。

お会いした何かの折だったと思い出す。先生が『頼山陽とその時代』に言及されることがあり、私はただ漠然とお聞きしていたのだが、ふと、これを仕上げるまでに、家一軒が建つほどのお金を、資料代に費やしたとしみじみ言われことがあった。そこには深い意味がこめられており、私は一瞬、返す言葉もなかった。すでに文名を成し、泰斗と呼ばれてもいいほどの作家が、経費面でそれほどご苦労をされていたとは、まったく寝耳に水の話で、やり場のない思いをしたのである。

当時の私は、もっぱら大学の研究者と仕事をする機会が多かったので、筆一本で生活している作家の、資料代に関する負担のことなど、考えてすらいなかったのだ。私は世間知らずの新米編集者であった。

そうしたことから、やけにこの作品のことが気になりだし、先生が物心両面でそこまで情熱を注がれた頼山陽のことが知りたくなって、中央公論社から出ている分厚い本を手に入れたのであった。(以下、作家の敬称略)

＊

まず、私は「まえがき」に大きな衝撃を受けた。そこでは私小説風の筆致で、鬱病を病んだ作家の、病後の静謐な日常生活が描かれていくうちに、突然、希望とも諦念ともつかない作家の人生観が語られるのである。

「今まで、人は生まれて、仕事をして、死んで行く、という経過が、ひとつの完成した作品のように見えていたのだが、そうではなくて、無数の可能性の中途半端な実現の束が、人の一生なのではないか。」――(私はこの一節を、いまでも中村真一郎のアフォリズムとして大切にしている。)

この人生観が作品のいわば、出発点となる。ここから、自分と同じ鬱病に苦しんだ作家、頼山陽への親近感が急に高まり、長大な評伝が書き進められていくのである。

私は評伝文学においては、冒頭におかれたこうした「まえがき」や「序章」は、作品の要だと思っている。これから描こうとする人物に向けられる作者の情熱、動機、書き方の態度――いわば作品を読み解く鍵ともなる部分である。中村作品ではこの評伝に限らない。晩年の二作品『蠣崎波響の生涯』『木村蒹葭堂のサロン』でも、この「序」にあたる文章が重要な意味をもつことは、読めば理解できるはずである。

そうして読み進めていくと、頼山陽と作者中村真一郎が、性格も仕事上の境遇もよく似ていることがわかってきて興味はつきない。鬱病に悩んだことだけでなく、二人とも女性好きで、社交を好んだ座談家であったことなど……。

じっさい、中村真一郎は女性好きで女性に弱いところがあったが、理想とするのは自由で自覚的な男女関係であった。その理想の姿を、山陽と弟子の愛人江馬細香の関係に見出して語っているのは、読んでいて快かった。当時は、新しい宋詩に学んだ自由な作風（清の袁枚の唱えた「性霊派」）が流行しており、そうした山陽の性行について、袁枚を気取ったのではないかと、推測するところなども面白かった。

ちなみに、男女関係では、昌平黌の秀才だった松崎慊堂のエピソードが印象深い。それは、慊堂が掛川藩に召し抱えられたとき、苦学生だった慊堂の学費を提供した、品川の女郎を正式の妻として、堂々と連れ立って任地に赴いたという佳話であるが、これは中村真一郎がほかのエッセーでも言及しているから、よっぽどお気に入りの逸話だったらしい。そこを読むと、この話にはオチがあって、つまり、そうした自由な道徳観が明治になって大きく歪み、坪内逍遥は同様の結婚をしたが、それを生涯隠し通したと続くのである。

本人をよく知る人なら、感興に乗るとかん高い声を上げて、こうした作家一流の奇抜な観察を得意そうに語る姿が目に浮かんでくるようではないだろうか。山陽が東山を見渡せる、鴨川沿いの小さな書斎－水西荘で、友人や弟子たちに囲まれながら、酒を酌み交わして語りつくすことを愛したように、中村真一郎も座談の華を好んだ。

二人がともに自由人だったことも共通している。

山陽は鬱病を病んだのちに、気の進まない結婚を強いられて遊蕩の挙句に脱藩、三カ年の座敷牢での謹慎を解かれてからは、一生自由な身分で暮らした。いっぽう作家中村真一郎もわがままに生きた人であった。わがままというのは自主独立の精神が強かったという意味である。大学の非常勤講師をつとめたことはあるが、生活を縛られることが嫌で、職を逃げ回り、文壇というジャーナリズムにも深く入り込むことなく、いわば文士が、本来そうあるべきアウトサイダーの人生を貫いたのである。

だが、そうした自由の代償が、生活の不安定であることはいうまでもない。

山陽が天下の浪人でアカデミシャンでなかったこと、一生仕官することなく、定収入のない生活に、人並み以上に不安をいだき続けたこと。柏木如亭（後世からボードレールに匹敵する詩人として高く評価されている）が、無一物のまま旅の途中で窮死したことを知った山陽が、自分の生活を省みて脅えながら自戒していたということ。さらには、晩年の山陽が、息子の聿庵に向けて、定収入ほどありがたいものはないから、絶対に勤めをしくじってはならないと忠告していることなど……。作品中に書かれているそのあたりのことは、作家の実感だったとも思われてくる。そして、何よりも重要な共通点は、こうした二人がともに禁欲的に、精力を傾けて、大きな仕事を完成させたということであろう。

＊

ここまで、私は作家の穿鑿に陥ってしまったようだが、それはともかく、本書の魅力は、読んでいて旅をしている気分になれることにもある。

ここに登場する文士たちのほとんどが、好んでよく旅をしている。それも柏木如亭のようにボヘミアン的な旅をつづけた詩人はむしろ稀で、儒学を教養とする彼らの旅は、自由な自己表現のできる漢詩創作の場をもとめて、諸国を周りながら、各藩の著名な文人、知識人たちを訪ねては、詩の応酬をするという堅実なものだった。

中村真一郎は、そのような外に開かれた出入り自由な知的な文人社会を、漢詩の批評を交えて描きながら、自らも彼らの世界に遊んで、心の安らぎを得たにちがいない。当時は現代よりも文学的にははるかに幸福な時代だったのだ。

おかげで、私も作家の自在な想像力に促されて、詩人たちとの旅を大いに楽しむことができた。のどかな農村の情景を歌った菅茶山の詩や、激しい恋心を歌った江馬細香の詩にふれて、なんとも言えない余韻に浸ったことを思い出す。こうした清新で自由な詩風が、その当時としてはかなり斬新であったという感覚を、時空をこえて味わうことができたのも得難い体験だったと思う。

また、詩人の人間性に向けられる作家の観察眼も印象深いものであった。それは作家の倫理観に係わるところだから、この点でもまた、私は中村真一郎を穿鑿することになる。

たとえば、詩の天才といわれているが、狡猾で処世術にたけた詩人、梁川星巌の詩については「私には彼の詩は苦手で、私の感受性の及ばぬところにあるので、紹介者としては不適当である。」と作家はきっぱりと切り捨てる。しかし、情誼に篤く、俗気のまったくなかった詩人、松崎慊堂の詩については「明るく弾みがある。洒脱でユーモアもある。どことなく軽快で嫌味がない。人柄であろう。」と称賛する。作家が権威や権力におもねる人間をもっとも嫌っていたことについては「中村は花を追いかける蝶のように、次々と女性と交際したが、権力の蜜だけは吸わなかった」という加藤周一の名言がのこっている。俗気とは無縁の作家であったことは、私も誓って証言できる。そうでなければ、原稿料の安い、二流ともいえない小出版社の新参編集者と、どんな作家が仕事をしたいと思うのだろうか。

＊

ところで、その当時、最大の詩人として知られていたのが、先にもふれたが、本作品にたびたび登場する菅茶山である。茶山は農民出身ながら藩の儒官となった人物で、個性的、写実的表現を重視した、性霊派の文芸運動の推進者でもあった。中村真一郎は茶山について、小説の西鶴とか俳諧の芭蕉とか戯曲の近松に匹敵する存在であると評価し、その名前が文学史から抜けていることを「茶山なき文学史は大きな落丁」だと嘆いているから、茶山には特別な思いを寄せていたことがわかる。

茶山が開いた私塾が、備後神辺（広島県福山市）の「黄葉夕陽村舎」（のちの廉塾）である。ここには山陽道を往来する文人が必ずといってもよいほど訪れ、詩の応酬を行なったといわれている。本作品に、放蕩息子に手を焼いた山陽の父に、茶山が救いの手をさし伸べて、山陽を塾の講師として採用したにもかかわらず、本人がその好意を無にして塾を逃げ出し、勇んで京都へ向かったという話が出てくる。山陽の「神辺脱出」は有名なエピソードだが、本作品のみならず、その後、富士川英郎の『菅茶山と頼山陽』を読んだ私は「廉塾」への関心をつのらせ、いずれ機会があったら、「廉塾」と山陽ゆかりの土地を訪れたいと思っていた。

その思いを実現させたのは、今から十年ほど前の夏のことである。それは、まず神辺の「廉塾」に行き、そこから京都に出て、山陽の終の棲家「水西荘」を訪ねるという旅であった。

ここからはその現実の旅の話をしたいと思う。

山陽が田舎暮らしに嫌気がさして脱出した「神辺」について、中村真一郎は「備後神辺は、為すところあらんとする人物にとっては、余りにも耐えがたい田舎であったのか。」と述べているが、私が訪れた日は、観光客がいなかったせいか、やや寂れた地方都市という印象であった。しかし、廉塾の敷地内に入ると、そこはすっかり異空間で、茶山の温雅な詩風が十分に感じられた。いまでも当時の講堂や書庫はそのまま残っており、水路や畑からは塾の住人たちが野菜を栽培していた自給生活の跡が窺われる。私は、山陽の神辺脱出の動機について、刺激のない田舎生活に我慢できなかったというよりも、こうした互助会のようなコミュニティに身を置くことが苦手だったのではないかと想像した。

当時、地方の私塾では、身分に関係なく、学びたい青年たちが努力して優秀な成績を収めれば、藩校に迎え入れられて武士の身分を獲得できた。廉塾は、一時期には二、三千人もの学生が殺到し、さらには漢詩の批評をするために文人墨客が盛んにやってきたというから、文人ネットワークの重要な拠点だったのである。

ここを訪れて思い浮かべたのが、山陽のライバルともいえる儒者北条霞亭のことである。茶山は、山陽を自分の姪と結婚させて跡継ぎにするつもりだったが、当てが外れて逃げられ、こんどは霞亭を講師に迎えて養子にした。しかし、霞亭も藩主に江戸に引き抜かれ、高級官吏の道を選んで神辺を去るのである。自動的な人間山陽と、他動的な人間霞亭。そして、後継運のなかった師茶山。小説家的想像力をもって描かれるこのあたりの人間模様は、ドラマを見ているようでじつに興味深く、その後、私はこの作品に促されるように鷗外の『伊澤蘭軒』『北条霞亭』を読んだが、以前に見知った登場人物たちに再会したような気分がして、面白さが増したことは言うまでもない。

『頼山陽とその時代』の中で、私が一番気に入っている話が、山陽が神辺から京都にもどる旅の途中で、茶山の形見の杖を失くしてしまい、それを大塩平八郎が探し出して届けたという心温まるエピソードである。杖一本で奮闘するやさしい警察官吏は、山陽の死から五年後に、貧民救済のために暴動を組織して自滅することになるのである。（杖の紛失場所について、「花柳界であろう」と随筆に書いた福山出身の作家井伏鱒二は、中村真一郎から間違いを指摘された「叱正の書翰を受取った」と述べている。正しくは「尼ヶ崎の渡舟所の待合室」だそうだ。この二人の作家のこうした後日談も興味深い。）

さて、広島から京都へ、旅の終わりに鴨川沿いにある「水西荘」に着く。私が訪れたのはちょうど夕暮れどきで、対岸からの川風に軒下に群生する萩の葉がいっせいに揺れ動いていたのを思い出す。予想通り、詩情あふれる亭の趣があった。夕方になると、山々が紫に映え川面が明滅して見えることから、山陽はこの離れを「山紫水明処」と名づけたのであった。

それにしても、部屋の内部が狭小な空間であることに驚いた。

書斎はわずかに二畳。ここで山陽は大作『日本外史』『政記』を完成させたのである。となりの床の間のついた四畳半の座敷が、友人や弟子たちと知を共有したサロンとなった部屋だった。旅でじっさい見たものが、思ったより小さいことはよくあることだ。しかし、不思議なことに、この空間にしばらく身を置くと、小さいからこそ大きく見えてくるものがある。おそらく、昔の日本人たちは、この小さい部屋の低い窓から、小さな体を乗りだし、清流の向こうに広がる雄大な東山連峰を目にするたびに、日本の未来を夢みて、世界に雄飛せんとする熱い想いを育んでいたにちがいない。

私は、晩年の山陽がこの書斎で、弟子たちに囲まれながら、天下国家を論じている光景を想像した。そして、ここで生まれたエネルギーが、幕末の激動を後押しする力となったことまで思い巡らした。それは『頼山陽とこの時代』の大団円のテーマでもある。

　直線的に個人の生涯を追いかける評伝とちがって、この作品は、山陽を中心点として、同心円状に拡がる、三世代（父から息子たち、さらに弟子たちまで）の歴史のパノラマを、的確に整然と描いて見事に成功している。とても鬱病に端を発した著作とは思えない傑作だといえる。水西荘にやってきて私は、作家が夢みた文人共和国の、この作品の原点にようやくたどり着いたような気がして、感慨無量であった。

「歴史の事実は小説より奇なり」――私がこの作品から学んだことである。

＊

中村真一郎はその叙述法について、若いころに読んだサント・ブーヴの『シャトーブリアンとその文学的グループ』に強く感化され、こうした評伝風の著作を実現するのが夢だったと語っている。それは過去の巨匠を、生きた時代の中に捉え直して、実証的に官能的に蘇らせる、いわば歴史と人物を同時に生け捕りするような試みであった。

　じつは、私は昨年、鷗外の弟三木竹二の生涯を描いた評伝を出版したが、これは鷗外と竹二の二人を中心に、欧化に揺れる劇界の近代を掬い取る試みであり、作家の足元にも及ばないのはもちろんだが、こうした方法で歴史と人物をとらえたいと思ったのは、『頼山陽とその時代』の影響が私の中に持続していたからにほかならない。

　良き書物の効力ははかりしれないものだとつくづく思う。四十年以上も前に出会った一冊の本が、いまも自分を導いてくれる好運を、いまさらながらかみしめているところである。

特集《中村真一郎、この一冊》

『木村蒹葭堂のサロン』を読む

大藤敏行

中村真一郎先生がお亡くなりになって、来年でもう四半世紀が過ぎようとしています。新型コロナの感染防止のため、外出や会食などの自粛が叫ばれる中、人一倍寂しがり屋で、知友との会話を愉しんでおられた先生が、今の状況をご覧になったらどう思うだろうか、などと考えながら、先生の最後の著作『木村蒹葭堂のサロン』を読んでみました。

『木村蒹葭堂のサロン』は、中村真一郎が七十七歳から七十九歳の死の直前まで、掲載誌でいうと『新潮』平成七年一月から平成十年三月号まで、三年余にわたり発表したものに、遺稿として残されていた完成原稿を加えて、没後に刊行された、木村蒹葭堂の評伝です。

木村蒹葭堂（一七三六―一八〇二）は、江戸文化が最も成熟した十八世紀大坂の造り酒屋に生を受け、少年の頃より文人世界に憧れ、絵画と学問を愛し、やがて、書画や本草学・医学・蘭学の貴重な文物や標本を蒐集する私設博物館、蒹葭堂をつくった人物です。

名は孔恭、字は世肅、号は巽斎。幼名は太吉郎、通称は坪井屋吉右衛門。書斎を蒹葭堂と名付けたことから、木村蒹葭堂の名で一般に知られています。

子供の頃からからだが弱くて、病気がちで、本ばかり読んでいる癖がついていた中村真一郎は、似たように、小さい時はひよわで、病気ばかりしていた子供で、庭に草花や樹を植えて育てたりして育った木村蒹葭堂という人物に、深く共鳴するところがあったようです。

中村は、四十歳頃に神経症にかかり、その危機を脱するために、江戸時代の詩書に親しむようになりました。その結果、生まれたのが五十歳の時に刊行した『頼山陽とその時代』であり、その後、六十代後半には同じ江戸時代後期の画家を扱った『蠣崎波響の生涯』を発表します。そして、最後が『木村蒹葭堂のサロン』でした。

森鷗外の晩年の文業を飾る史伝三部作、『渋江抽斎』、『伊沢蘭軒』、『北條霞亭』を中村がどの程度、意識していたかどうか、分かりませんが、本書の中で、中村は、蒹葭堂の人生の唯一の主目的は、単に珍奇な物品や稀書の蒐集という好奇心の満足ではなく、それは学問の「考索」のためであり、この「考索」という言葉は彼の人生のキーワードであって、近代の森鷗外のForschung（探究）にも匹敵しよう、と書いています。

そもそも、中村が木村蒹葭堂という名に最初に出会ったのは、十七歳頃、芥川龍之介全集を通読している途中、「僻見」というエッセーにおいてでした。芥川は、京都の博物館で偶然に蒹葭堂の山水画に接し、「春風」が伝わってくるのを感じ、弱った神経が一時に休まったという経験をそこで記していました。

当時、中村が読んだ芥川全集は、おそらく昭和二年から四年にかけ堀辰雄が編集に携わった初の岩波書店版全八巻であり、その約半世紀後、今度は中村自身が同じ岩波版全十二巻の編集に当たるという不思議なめぐり合わせもあります。

それはともかく、中村は、安永八（一七七九）年から享和二（一八〇二）年までの、二十年余にわたる『蒹葭堂日記』を主な手がかりとして、日譜に記された訪客名簿を一人ひとり、子細に見ていきます。それによって、当時の全国の知識人が江戸と長崎の往来の途中で、大坂の蒹葭堂を必ず訪ねるという状況なども少しずつ明かされます。

そこには、池大雅、与謝蕪村、丸山応挙、谷文晁らと芸術を語り、頼山陽、その父・頼春水、六如、大典らと漢詩文を応酬し、上田秋成、本居宣長、平賀源内、司馬江漢、玄沢、玄白らと最先端の知識、思想をめぐり、蘭学・医学・国学・本草学等の知見を交換し合う木村蒹葭堂の姿が浮かび上がってきます。蒹葭堂が一時、幕府に睨まれた折、増山雪斎、松浦静山らの実力派大名たちに支援される様子なども指摘されます。

本書において、とくに中村が語り手として愉しんでいるように見えるのが、そうした詩人や画家、学者ら知友との交流のくだりです。

たとえば、天明三（一七八三）年三月十日、六如上人が蒹葭堂を訪れます。その時、上人が懐中にしていたであろう最初の公刊詩集となる筈の『六如庵詩鈔』初篇の完成稿の数篇を紹介した中に、五言絶句「売衣換書」があります。その漢詩は中村によって次のように現代語訳・解説されます。「礼服は一枚あればいい、本は限りなく欲しい。前世は紙虫だったに違いない、この世に生まれた時は裸だったので。僧衣を売って、本を買おう。深草の元政上人を想わせる心意気であり、後世の一読書生たる私を、上人の直ぐそばに引き寄せてくれる。」ここに出てくる元政上人とは、かつて中村が小説『雲のゆき来』で描いた人物です。

また、寛政八(一七九六)年一月十一日、蒹葭堂より三十歳余り年下の青木木米が、蒹葭堂を訪れた折のこと。木米は蒹葭堂から中国で刊行されてまもない『龍威秘書』を見せられ、それに感銘し、陶芸の道を歩み始めます。新着書を惜しげもなく、初対面の青年に貸し与えたことが、陶芸家・青木木米を誕生させるきっかけとなったという事実を知り、中村は蒹葭堂のなかに無私、そしてメセーヌを見ています。

また、同年八月二日、画家の谷文晁と浦上玉堂という二人の巨匠の劇的な会見が蒹葭堂で行われたことも、日記に記されています。当時、玉堂の天才を認め、親交を結んだのは蒹葭堂や文晁など少数者だったといいます。玉堂の条では、中村は、近代において玉堂評価の上昇を高めた石川淳の玉堂論より珍しく長い引用を行っています。

他方、中村は、蒹葭堂が現在、普通に考えられているよりも、考証学、金石学、蘭学、博物学等で、かなりの点まで深入りした、専門家の領域に立ち入っていた学者であったことを丁寧に叙述しています。

蒹葭堂の学問の背骨となった蘭学との関わりでは、杉田玄白らが明和八(一七七一)年、刑屍体解剖に立ち会い、蘭医学書『ターヘル・アナトミア』の翻訳を開始した年からわずか八年ほど後に、蒹葭堂は、諸学の総合図書館兼博物館の建設に取りかかっています。

博物学者としては、蒹葭堂は『蒹葭堂雑録』や一角獣に関する文献的実証の『一角纂考』などを著わし、考証家としては、明和七(一七七〇)年、三十五歳の年に書いた「銅器来由私記」ほかを執筆しました。

また、蒹葭堂は宝暦十一(一七六一)年、二十六歳の時、大典禅師の『昨非集』を出版して以降、世に隠れた未刊の稿本を続々、世に送り出すという出版事業も行いました。

蒹葭堂の文人画家としての側面について、中村は「その画面の大雅のような必死な修行のあともなく、蕪村の俳味による新風への野心もなくて、師大雅のあとを忠実に追って、文人画の正統を守ろうという、謙遜な画面に漂う春風駘蕩の趣きは、画壇に抜きんでようという覇気のないだけに、後世の私たちに静かな『生きる喜び』に涵らせてくれる貴重な存在である」と高く評価しています。

こうした非常に多面的な人物である蒹葭堂について、中村が本書の終わりでとくに強調しているのが、書物のタイトルにも示される通り、蒹葭堂は生涯にわたって、ゲーテ的意味で着々と樹木的成長を遂げ、多くの方向に枝葉を茂らせたが、やはりその中心の幹は「サロン人」であったという点です。訪問客との愉しい会話や、蔵品の展示。時には、妻妾ふたり（蒹葭堂の家は妻妾が同居）が博物館の学芸員のように会話に加わった、と中村は愉しく想像しています。

中村は、サロンあるいは社交というものは、私たちが生きる力を得る文化そのものでもある、と言いたかったのかもしれません。

木村蒹葭堂という一人の大坂ブルジョワの趣味的生涯を再現することを通じて、自身の精神と感覚とが、より自然に濃密に、十八世紀の文明の中に生きる思いを味わい、同時にそれが世界に開かれた普遍的な精神状況であることを実感し、それによって生涯の晩年における心の息らぎを呼吸したと、中村は書いています。

ところで、八年ほど前、和歌山県立情報交流センターで開かれた全国美術館会議のシンポジウム「美術館と文学館との連携」に私はパネリストとして招かれた折、会場近くの田辺市立美術館を覗いていて、偶然にも、木村蒹葭堂の手紙を初めて目にしました。やわらかな筆跡に心がなごむ思いがした当時の気分を、『木村蒹葭堂のサロン』を読んでいて、ふと想い起こしました。

✤中村真一郎を読む

翻訳家・中村真一郎

その偏愛の訳語について

三枝大修

フランス語に「doux」（女性形は douce）という形容詞がある。辞書を引くと、最初に味覚的な語義（「口当たりがよい」「甘い」）が出てくるが、じつはこの語の意味範囲は非常に広く、「諸感覚に対して『快』の印象を与える」[1]ものであれば、その大半に使用することができる。現代の仏和辞典、例えば『ディコ仏和辞典』に載っている主な語義を挙げておくと、次の通りである。

①甘い　②手触りのいい、なめらかな　③（目・耳・鼻などに）柔らかい感じの、心地よい　④（動き・作用などが）穏やかな、静かな　⑤（気候が）温暖な　⑥（人・性格・態度などが）やさしい、穏和な、おとなしい　⑦快い、心なごむ

一読して明らかなように、この語の意味は総じてポジティブであり、味覚についていえばマイルドで口当たりがよく、触覚についていえばすべすべと肌触りがよく、仕事についていえばそれほどきつくなく、坂道についていえば傾斜が急でなく、気候についていえば温暖で過ごしやすく、人や動物についていえばおとなしい、優しいといったことを表す[2]。つまり、中核的な語義・イメージは一定であるにせよ、どういった名詞を修飾するかに応じて少なからずニュアンスが変化す

るため、訳語の選択肢がきわめて多く、日本語にする際には文脈に合わせて細かく訳し分ける必要のある単語なのである。にもかかわらず、この形容詞「doux」（とその名詞形「douceur」、副詞形「doucement」）がネルヴァルやバルザックの原文に出てくるたびに、若かりし日の翻訳家・中村真一郎は驚くべき頻度で「優しい」「優しさ」「優しく」のいずれかの訳語を採用している。中村の訳書を原典と突き合わせてみることで見えてくるその事実こそが、本稿におけるわれわれの思索の出発点である。

一　偏愛の訳語

中村がどれほどの高頻度で「doux」に「優しい」という訳語をあてていたか、まずは数字で示すことにしよう。なお、本稿では紙幅の都合上、主に中村の最初の三つの訳業——（一）一九四一年に刊行されたネルヴァル『火の娘』収載の「シルヴィ」[3]、（二）一九四二年に刊行されたバルザック『鞠打つ猫の店』収載の「ソオの舞踏会」[4]、（三）一九四三年に刊行されたネルヴァル『暁の女王と精霊の王の物語』[5]（以下、『暁の女王』と略記）——のみを分析対象とする。また、煩を避けるために、以下の文章では形容詞「doux / douce」とその名詞形「douceur」、副詞形「doucement」をすべてひっくるめて《doux》と、また、「優しい」「優しさ」「優しく」の三語をまとめて《優しい》と表記することにしたい（漢字・仮名の別は本稿の論旨にはまったく影響しないため、「やさしい」「やさしさ」等の平仮名表記も《優しい》に含める）。

（一）ネルヴァル「シルヴィ」……この作品の中に《doux》は七回登場し、中村はその内の六箇所[6]で訳語に《優しい》を選んでいる（残る一箇所は「物優しい」）。中村以降の「シルヴィ」の邦訳には入沢康夫訳[7]、篠田知和基訳[8]、坂口哲啓訳[9]、野崎歓訳[10]があるが、《doux》の訳語としての《優しい》の使用回数は、篠田と野崎がそれぞれ三回、入沢と坂口はわずかに一回である。

（二）バルザック「ソオの舞踏会」……この作品の中に《doux》は十九回登場し、中村はその内の十七箇所[11]で訳語に《優しい》を選んでいる。なお、この中篇小説については近年さらに二つの翻訳が出ており、柏木隆雄訳[12]では《doux》に対する《優しい》の使用回数は八回、私市保彦訳[13]では九回である。

（三）ネルヴァル『暁の女王と精霊の王の物語』……この作品の中に《doux》は二十一回登場し、中村はその内の十九箇所[14]で訳語に《優しい》を選んでいる。中村訳よりも後に出た篠田知和基訳[15]と橋本綱訳[16]では、《doux》に対する《優しい》の使用回数はそれぞれ八回と十回である。

以上の（一）〜（三）を合わせると、《doux》は三作品で合計四十七回登場し、中村はその内の四十二箇所——全体の八九パーセント超——で訳語に《優しい》を採用していることが分かる。本稿冒頭で見た《doux》の多義性に鑑みれば、また、中村以外の訳者による《優しい》の使用率が誰一人として五割をすら超えていないことを考慮に入れるならば、これはじつに興味深い偏愛ぶりであると言える。

二　夜はやさし

とはいえ、どれほどその頻度が高いとしても、《doux》を《優しい》と訳すことそれ自体に問題があるわけではもちろんない。文脈上、それこそがまさに最適の訳語であると判断されるような場合も少なからず存在しているにちがいない。

特に人間の——あるいは動物の——性格や態度、声やまなざしや表情を描写するのに原文で《doux》が使われているときには、《優しい》という訳語はたいがいうまく収まってくれる。中村の訳書の中からいくつか例を拾ってみよう。「彼女は〔……〕実に優しく抱擁し[17]」であれ、「彼女は〔……〕更に優しくなつた[18]」であれ、「『先生』と優しくベノニは答へた[19]」であれ、「優しくシバの女王は話し始めた[20]」であれ、少なくとも本稿の筆者はこれらの「優しく」に対して特段の違和感を覚えない。「優しい声[21]」や「榛の実のやうな灰色の眼の優しさ[22]」といった表現についても同様である。

一方で、人によって評価が分かれると予想されるのは、生命を持たない「物」や抽象概念を表す名詞に付いた原文の《doux》が、《優しい》という訳語に置き換えられているときだろう。実際、命なき「物」が《優しい》と形容されるような場合には、日本語としての違和感が拭いきれないケースが出てくる。例えば、「ソオの舞踏会」の中の次のような一文はどうだろうか。

彼女も、マキシミリアン同様に、初恋の優しさを秘かに愉しんでゐた。[23]

「初恋の優しさを愉しむ」という言い回しは、筆者の語感からすれば、やや奇異である。中村が「優しさ」と訳している「douceur」に対し、柏木隆雄は「甘美さ[24]」、私市保彦は「喜び[25]」という訳語をあてているが、初恋が人にもたらす甘やかな感興の呼び名としては、これら二つの方が「優しさ」よりも収まりがよいのではあるまいか。
もう一つ、今度は『暁の女王』に出てくるシバの女王バルキスの台詞である。

> 私は何を言はうとしたのでせう。そして何といふ突然の目暈《めくらめき》……この大変優しい葡萄酒は裏切者です。私は全く酔つてしまひました。[26]

女王は、葡萄酒が「doux」であったせいで気持ちが昂り、めまいがすると言っているのだから、ここでの「doux」の訳語としては、味覚に関連する「甘い」「おいしい」「口当たりがよい」あたりが穏当なところだろう。訳者はあるいは「優しい味わいの葡萄酒」という意味で圧縮した表現を用いたのかもしれないが、「優しい葡萄酒」だけではそのニュアンスが伝わりにくく、葡萄酒の味と女王の酔いとのあいだの因果関係が不明瞭になってしまうのではないかという懸念が残る。

あと一つ、注目しておきたいのは《doux》が「夜」にかかっているケースだ。「夜」が主語、《doux》が属詞となっている文が「シルヴィ」にも『暁の女王』にも一度ずつ登場するのだが、中村は例によってこの《doux》を《優しい》と訳している。まずは「シルヴィ」に現れる当該の文を、他の訳者たちの訳文と比較しつつ見ていくことにしよう。[27]

中村訳：夜は優しかつた。そして私はシルヴィのことしか考へなかつた。（六五）
入沢訳：夜は私には楽しかった。夜通し、私はシルヴィのことしか考えていなかった。（一〇九）
篠田訳：夜のあいだは快適で、シルヴィのことしか考えなかった。（一四七）
坂口訳：昨夜は私には心地良いものだった。私はシルヴィのことしか考えていなかった。（六一）
野崎訳：ぼくにとっては甘美なその一夜、思うのはシルヴィのことばかりだった。（二三〇）

ついで、『暁の女王』の中の、同様の一文。[28]

中村訳：夜は優しく、あなたのお話はさらに優しくおもはれます。（一〇八）
篠田訳：夜は心地よく、あなたのお話はさらに心地よいものです。（三〇三）
橋本訳：夜は快く、あなたとの会話はさらに快い。（四六九）

見てのとおり、《doux》を《優しい》と訳しているのは中村だけであり、その姿勢は「シルヴィ」においても『暁の女王』においても一貫している。だが、原文の骨子をなす「夜が《doux》だ」という表現は、夜が心地よいこと、快適であることを伝えるためのごく平凡な言い回しに過ぎないため、中村訳に見られる「夜」と《優しい》との組み合わせは——まるで「夜」を人に見立てようとしているかのようでもあり——原文に比して過剰に詩的になっているという印象を受ける。一般的な語感からすれば、「楽しい」「甘美だ」「快い」といった他の訳者たちの訳語の方が、原文のトーンをより忠実に伝えるものとなっていると言えよう。

　もっとも、フィッツジェラルドの作品のタイトル『夜はやさし（*Tender Is the Night*）』に耳がなじんでいる現代の読者は、これとよく似た響きをもつ中村の訳文にもたいした違和感は覚えないかもしれない。とはいえ、この長篇小説の本邦初訳（龍口直太郎訳）が出版されたのは一九五七年のことであるから、中村訳「シルヴィ」や『暁の女王』が世に出た一九四〇年代の時点では、「夜が優しい」という言い回しはいまほど耳慣れたものにはなっていなかったはずだ。それに、そもそもこのタイトルは周知のように、イギリスの詩人ジョン・キーツの代表作の一つ、「ナイチンゲールに寄せるオード」からの引用である。[29] ということはつまり、「夜はやさし」という表現は——「夜」と《優しい》との組み合わせは——単に比喩的な意味で詩的であるばかりではなく、端的に言って詩そのものなのである。

　慣用から外れて異化された中村の訳文が必然的に身にまとうこととなる不自然さと詩《ポエジー》とは、ここでは表裏一体の関係にある。

三　「優しい伊太利」から「美《うま》し国イエメン」へ

　ところで、一九四〇年代の若き翻訳家・中村真一郎には、《doux》をやみくもに《優しい》と訳すのではなく、ときにはそこに微修正を加えたり、他の訳語を探したりすることで、より自然な訳文を作ろうとする身振りも認められる。つまり、《doux》を《優しい》で訳すことは——全体の約九割を占めているわけだから——中村にとっての不動のファーストオプションではあったものの、だからといって、金科玉条のごとく遵守すべき方針ではなかったのである。

　まずは「シルヴィ」の中で、唯一、《doux》が《優しい》で訳されていなかったケースを確認しておこう。

> 暁が近付き、月光が薄れて来た、憂鬱な然し物優しい此の時刻に、私はロワジイの踊りに加はることが出来た。[30]

ある「時刻」が「優しい」というのはさすがに不自然だと判断したのだろう、中村は接頭辞を加えて「優しい」を「物優しい」（＝「なんとなく優しい」）[31] へと変化させることで、その意味をいわば茫漠化し、この形容詞を「時刻」に適合させることに成功している。わずか一文字の加筆、それだけで《doux》の雰囲気をありありと現出せしめたここでの中村の判断は、真に合理的なものであったと言えよう。以下、参考までに《doux》を含む名詞句の部分のみ、中村以外の訳者の訳例を掲げておく（傍点は、原文の「douce」に対応する箇所）。

入沢訳：燈《ほ》かげも青ざめてふるえるあのメランコリックな、それでいてなにかなつかしい時刻　（一一六）

篠田訳：日の出が近づいて、照明も薄れて慄える甘くものがなしい時刻　（一五四）

坂口訳：灯かりも薄れ、震えるようになる、そんな憂鬱で、それでいてまだ甘美さも残っているような時刻　（八九―九一）

野崎訳：星の光が弱まりながらまたたく、あの侘しくもなお甘美な時刻　（二四三）

一方で、「シルヴィ」を訳す中村と『暁の女王』を訳す中村とのあいだで訳語選択の方針に乖離が起こっているように見える事例もある。前者が「伊太利」という国名に付していた《優しい》の使用を、後者がイエメンというこれまた「国」に対して――訳文のぎこちなさを気にかけたのか――控えていると思しきケースが確認されるのだ。

まずは「シルヴィ」の方を見ていこう。

あの優しい伊太利の灌木は、此の国の霧深い空の下で枯れ果てたのだ。[32]

原文では「la douce Italie」というかたちで形容詞「douce」が「Italie」という国名に直接かかっているため、「優しい伊太利」というのは――中村にとっては――おそらくその逐語訳に過ぎなかったのだろうが、この耳慣れない表現が日本語として自然か否か、といった視点はひとまず措くとしても、ここでの訳語選択の妥当性には大いに疑問の余地がある。というのも、ネルヴァルのこの一文においては南欧に位置する温暖なイタリアと、霧深く、相対的に寒冷な「此の国」すなわちフランスのヴァロワ地方とが明瞭に対置されているのだが、「douce」の訳語として気候に関連したもの（「温暖な」等）を選択しない場合には、その対照関係がどうしても不明瞭になってしまうからだ。中村以外の訳者が、全員、ここでの「douce」を「温暖な」ないしは「温和な」と訳しているゆえんである。

入沢訳：この温暖なイタリア産の灌木は、霧深いこの国の気候のために枯れてしまったのだ。（二四二）

篠田訳：温暖なイタリアの地に育つその木は、霧ふかいここの気候では育たなかったのだ。（一五九）

坂口訳：温和なイタリア産のあの潅木は、ここの霧深い空の下では枯れてしまったのだ。（一一三）

野崎訳：温暖なイタリアからやってきた月桂樹は、霧の多いわれらの風土では滅びてしまったのだ。（二五〇）

読み比べてみればすぐに分かるように、暖かな気候を必要とする植物（月桂樹）が太陽光線の少ない土地に植えられたせいで枯れてしまった、という因果関係が中村の訳からは十分に伝わってこない。その意味では、ここでの《優しい》は単に不自然であるに留まらず、「誤訳」の範疇に入るべきものなのかもしれない。中村にはイタリアと「此の国」とのあいだに横たわる寒暖のコントラストが見えていなかったのだろうか。それとも、それが読めていてなお《doux》を《優しい》と訳したのだろうか。

だが、じつはこの「シルヴィ」の二年後に刊行された『暁の女王』の訳者の方は、形容詞《doux》が「国」にかかっているという同様のケースに直面した際に、《優しい》という訳語をあっさりと放棄しているのである。

私は豊かな農耕、盛んな工業、多くの草地、世紀を経た樹木、深い森林、それら美《うま》し国イエメンの富と魅力とをなすものを、この仕事に負つてゐるのです。[33]

ここでは原文の「doux pays」に対し、中村好みの「優しい国」ではなくて「美《うま》し国」というこなれた日本語訳があてられている。[34]『暁の女王』の訳者が「《doux》＝《優しい》」の等式を絶対視していたわけではないこと、訳語選択における柔軟性に欠けてはいなかったことの証左となる、重要な事例であると言えよう。

四　結びに代えて

翻訳家のみならず作家としての野心や意図がそこに反映されているせいなのか、一般的な意味での翻訳の美点――語学的な正確さや読みやすさ――以外の要素を追求していたと思しき中村真一郎の訳書を読んでいると、しばしば不可解な点が目につく。今回着目した《優しい》という訳語の過剰な使用もその一つであるわけだが、とどのつまり、その特徴的な事例をほぼ網羅的に見てきたいまに至ってもなお、中村の訳語選択の方針についてはよく分からないと言わざるを得ない。本稿における思索の成果も微々たるものであり、かろうじて、（一）中村が多義語《doux》の約九割をなぜか《優しい》と訳していること、（二）そのため、訳文にはときおり不自然さと（その結果としての）詩的な効果とが生じていること、（三）とはいえ、《doux》の《優しい》への変換は必ずしも絶対的な規範ではなく、中村が訳文の自然さに配慮しているように見える事例もいくつかは観察されること、を示すことができた程度だ。

　だが、じつは——リサーチが完了していないので、詳しく述べることはできないが——中村の訳書において、原語と訳語とが不自然なまでに固定化されているケースは、本稿で取り上げた《doux》と《優しい》のみには留まらないのである。次回はそちらの方面にも分析の手を伸ばしつつ、謎多き中村の翻訳の特質に迫っていかれればと考えている。

【註】

（1）Émile Littré, *Dictionnaire de la langue française*, Paris, Gallimard / Hachette, t. III, 1958, p. 276.

（2）オックスフォードやラルースの仏英辞典を引くと、「soft」「sweet」「mild」「gentle」「pleasant」「smooth」などが「doux」の訳語として出てくる。

（3）ネルヴァル「シルヴィ」『火の娘』中村真一郎訳、青木書店、《ロマンチック叢書》、一九四一年。

（4）バルザック「ソオの舞踏会」中村真一郎訳、『鞠打つ猫の店』中島健蔵・安土正夫・中村真一郎・岡部正孝訳、東宛書房、《バルザック人間劇叢書》第二巻、一九四二年。

（5）ネルヴァル『暁の女王と精霊の王の物語』中村真一郎訳、白水社、一九四三年。

（6）中村訳「シルヴィ」、前掲書、四二、四六、六五、六六、八八、一一四ページ。

（7）ネルヴァル「シルヴィ」入沢康夫訳、『ネルヴァル　ボードレール』入沢康夫・稲生永・阿部良雄・菅野昭正訳、中央公論社、《新集　世界の文学》第八巻、一九七〇年。

（8）ネルヴァル「シルヴィ」『火の娘たち』篠田知和基訳、思潮社、一九八七年。

（9）ネルヴァル『シルヴィ』坂口哲啓訳、大学書林語学文庫、二〇〇三年。

（10）ネルヴァル「シルヴィ」『火の娘たち』野崎歓訳、岩波文庫、二〇二〇年。

（11）中村訳「ソオの舞踏会」、前掲書、一六〇、一六八、一七九、一八一、一八九、一九六、二一〇、二二一、二二二、二二七、二三三、二三七（二箇所）、二四〇、二四三、二四七、二五七ページ（なお、一八九ページには誤植があり、「傷しい」と記されている）。

（12）バルザック『ソーの舞踏会』柏木隆雄訳、ちくま文庫、二〇一四年。
(13) バルザック「ソーの舞踏会」私市保彦訳、『偽りの愛人』私市保彦・加藤尚宏・澤田肇・博多かおる訳、水声社、《バルザック愛の葛藤・夢魔小説選集》第一巻、二〇一五年。
(14) 中村訳『暁の女王』、前掲書、三二、五三、五七、七〇、七二、八三、八九、一〇一、一〇二、一〇三、一〇八（二箇所）、一三一、一三四、一三九、一七〇、一七七、二二四、二二八ページ。
(15) ネルヴァル「朝の女王と精霊の王ソリマンの物語」『東方の旅』篠田知和基訳、国書刊行会、《世界幻想文学大系》第三一巻B、一九八四年（以後、本書は「篠田訳「朝の女王」」と略記する）。
(16) ネルヴァル「朝の女王と精霊たちの王ソリマンの物語」橋本綱訳、『ネルヴァル全集』第三巻、筑摩書房、一九九八年（以後、本書は「橋本訳「朝の女王」」と略記する）。
(17) 中村訳「ソオの舞踏会」、前掲書、一九六ページ（原文：「elle [...] fit les caresses les plus douces」）。傍点による強調は引用者。以下同様。
(18) 中村訳「ソオの舞踏会」、前掲書、二三三ページ（原文：「elle devint [...] plus douce」）。
(19) 中村訳『暁の女王』、前掲書、三二ページ（原文：「Maître, répondit avec douceur Benoni」）。
(20) 中村訳『暁の女王』、前掲書、八三ページ（原文：「repartit avec douceur la reine de Saba」）。
(21) 中村訳「ソオの舞踏会」、前掲書、二二七ページおよび中村訳『暁の女王』、前掲書、一〇二ページ（原文：「une voix douce」）。
(22) 中村訳『暁の女王』、前掲書、七〇ページ（原文：「la douceur de ses yeux gris de noisette」）。
(23) 中村訳「ソオの舞踏会」、前掲書、二四〇ページ（原文：「Elle avait secrètement joui, comme Maximilien, de la douceur d’un premier amour」）。
(24) 柏木訳「ソーの舞踏会」、前掲書、六九ページ。
(25) 私市訳「ソーの舞踏会」、前掲書、七一ページ。
(26) 中村訳『暁の女王』、前掲書、二二四ページ（原文：「Qu’allais-je dire, et quel éblouissement soudain ?... Ces vins si doux ont leur perfidie, et je me sens tout agitée」）。なお、「ces vins si doux」を篠田は「このおいしいお酒」（篠田訳「朝の女王」、三七一ページ）、橋本は「このおいしいワイン」（橋本訳「朝の女王」、五一九ページ）と訳している。
(27) 原文：「Cette nuit m’avait été douce, et je ne songeais qu’à Sylvie」。なお、後続の各引用文の末尾に付されている丸括弧内の数字は、それぞれの訳書における参照箇所のページ番号を表す（以後も複数の訳文を列記する際には、同様のやり方で参照箇所のページ番号を示す）。
(28) 原文：「La nuit est douce et votre conversation plus douce encore」。
(29) フィッツジェラルドはキーツの詩を愛唱していたが、中村もまたこの詩人のオードには若年時より深く親しんでいた。例えば次の一節を参照のこと。「ウェルギリウスの『アエネーイス』は、卒業論文を書きおえた冬、炬燵にあたりながら、忠実に読みふけり、キーツのオードや、ヴァレリーの『若きパルク』の呼び掛け法が、そっくりそこから出ているという実例を、堀辰雄さんに手紙で知らせたものだ」（中村真一郎『読書の快楽』新潮社、一九九四年、一一〇ページ）。
(30) 中村訳「シルヴィ」、前掲書、八〇ページ（原文：「Je suis entré au bal de Loisy à cette heure mélancolique et douce encore où les

lumières pâlissent et tremblent aux approches du jour」)。

（31） 『日本語大辞典』（講談社）によれば、「物」は接頭辞として形容詞・形容動詞に付き、「なんとなく、そのようであるの意」を表す。

（32） 中村訳「シルヴィ」、前掲書、八八ページ（原文：「ces arbustes de la douce Italie ont péri sous notre ciel brumeux」)。

（33） 中村訳『暁の女王』、前掲書、九七ページ（原文：「Je dois à cette œuvre sublime les cultures opulentes, les industries fécondes, les prairies nombreuses, les arbres séculaires et les forêts profondes qui font la richesse et le charme du doux pays de l'Iémen」)。

（34） 篠田訳も中村訳とまったく同じで「美《うま》し国」（篠田訳「朝の女王」、二九七ページ）、橋本訳は「麗しき国」（橋本訳「朝の女王」、四六五ページ）。

バックナンバーのご案内

第一号（2006.11）

巻頭言にかえて　加藤周一

＊

『死の影の下に』をめぐって　鈴木貞美

《四季》のほうへ　清水徹

中村真一郎と王朝文学　沓掛良彦

＊

重箱の隅をつつく国文学者　池内輝雄

「ノイローゼ」のことなど　三輪秀彦

中村真一郎とバルザック・ノートについて　高遠弘美

交友六十年、中村真一郎を偲ぶ　山崎剛太郎

＊

中村真一郎著書目録　三坂剛＋山本裕志

第二号（2007.4）

『雲のゆき来』の私的な読み　池澤夏樹

『シオンの娘等』　鈴木貞美

中村真一郎のラジオドラマ　諏訪正

江戸後期文人の世界　望月洋子

中村真一郎の日記について　佐岐えりぬ

＊

本の交流　井波律子

福永さん、矢内原さん、そして中村さんのこと　小佐井伸二

［連載］

中村真一郎「バルザック・ノート」覆刻（1）　高遠弘美

豪徳寺二丁目猫屋敷（1）　木島佐一

第三号（2008.4）

中村真一郎と小田実　加藤周一

近代との対峙を生きる文学者　朝比奈美知子

中村真一郎に甦るネルヴァル　小林宣之

幻の映画『パリよ、さらば』と中村真一郎　小畑精和

『愛神と死神と』をめぐって　鈴木貞美

中村真一郎青春「ノート」の意味　池内輝雄

＊

面白い話と図書室　Sr. ムジカ中村香織

中村真一郎と音楽　前島良雄

［連載］

中村真一郎「バルザック・ノート」覆刻（2）　高遠弘美

豪徳寺二丁目猫屋敷（2）　木島佐一

第四号（2009.4）

故会長加藤周一さんを偲ぶ　清水徹

評伝という文学　堀川貴司

『木村蒹葭堂のサロン』をめぐつて　早川聞多

古典にモダン　ウィリアム・J・タイラー

『魂の夜の中を』をめぐって　鈴木貞美

中村真一郎と田端　竹村民郎

＊

書物とパイプと少年の微笑　安井侑子

師の光の下に　金岡秀実

［連載］

豪徳寺二丁目猫屋敷（3）　木島佐一

＊

一九三五年のノート　中村真一郎　翻刻＝河合恒

第五号（2010.4）

『四季』四部作についての雑感一束　入沢康夫

『夏』の女主人公A嬢をめぐる補遺（一）　小林宣之

『長い旅の終り』をめぐって　鈴木貞美

＊

中村真一郎を彫刻して　加太肇江

中村真一郎と軽井沢　塩川治子

洋の東西を一身に　小島千加子

切れ切れの記憶　柏原成光

［連載］

中村真一郎「バルザック・ノート」覆刻（完）　高遠弘美

豪徳寺二丁目猫屋敷（4）　木島佐一

＊

一九三五年のノート（続）　中村真一郎　翻刻＝荒川澄子

✤ コロナ禍のなかで……

コロナ禍を逆手に取る

山崎吉朗

コロナ禍の一年を振り返って三点記します。

一点目にまず記したいのは、「中村真一郎の会」でもご講演頂いた山崎剛太郎先生の訃報に接したことです。二〇一九年の十二月にお会いした時に、新しく本を出すのでその出版記念会を春に企画しているというお話を伺いました。それを楽しみにしている中、人の集まりはすべてなくなり、世の中が沈んでしまいました。それから一年。今年の三月にお嬢様の名前で封書が届いたので、ようやく夏にでも企画するのかと封を開いて目にしたのは、百三歳で先生が亡くなられたという訃報でした。何度も読み返しました。お元気だったと伺っていたのですぐには信じられませんでした。お嬢様に連絡して確認し、ようやく事実を受け止めました。二〇二〇年に刊行したJACTFL（一般社団法人日本外国語教育推進機構：https://www.jactfl.or.jp）研究会誌七号でロングインタビューを掲載したことがせめてものご恩返しと思おうとしています。ロングインタビューの題名にした「僕の生活はフランスから一歩も離れなかった」ということばは先生の生涯を一言で言い表しています。加藤は加藤周一、福永は福永武彦、中村真一郎に至っては真ちゃんと呼ぶ、外交官、映画翻訳者、教育者であった百一歳（当時）でのワイン片手のインタビューでした。ご冥福をお祈り致します。

二点目は大学の講義です。授業がすべてオンラインになり、授業準備に翻弄されました。ともかく大学に行って話し始めれば授業を開始出来るのとは違い、準備に何倍もの時間がかかります。ただ、別の方向で考えれば、筆者自身、教育工学の研究を進めながら、実際には長年実現出来なかったオンラインでの授業を、大学公認で実施することが出来たとも言えます。教室という枠はとっくに消えていて、これからはどこにいたって授業は受けられるようになるし、質の高い授業を行わなければ学校の意味がないと言われていた故坂元昻先生のことばを改めて思い返していました。少なくとも、日本の教育のICT化が飛躍的に進んだことだけは事実です。コロナを前向きに捉えたいと思います。

三点目はJACTFLの発展です。

自宅待機が続く中、授業のオンライン化に伴い、オンライン授業のための研修会やシンポジウムが次々とオンラインで行われるようになっていました。中でも、国立情報学研究所の「サイバーシンポジウム」は、多い時には二週間に一度実施され、具体的な事例の発表がたくさんのヒントを与えていました。そこで気づいたのは、外国語教育は話題の極一部で、さらにそのほとんどが英語の授業の話だということです。英語以外の外国語教育がどのようになっているのかさっぱりわかりません。そんな中、互いの近況報告の為にJACTFL幹部でウェブでの研究会を続けていたのですが、七転び八起きの我々は、雑談の中に出て来る外国語教育に関する情報があまりに豊富で、自分達だけで共有するのはもったいないと思うようになりました。そこで、JACTFLとしてのオンライン・シンポジウム実施を考えました。

思いついてから実施までは早かったです。関係者だけですぐに発表者は決まりました。オンラインであることを活かして、国内では奈良や大阪から、海外では韓国やフランスからの発表も入れてプログラムが決定し、七月五日（日）に実施となりました。第一回目は延べ二百名の方にご参加頂きました。空間の制約を越えているので、日本全国からはもちろん、中国や韓国、ベトナム、フランス、ドイツ、ロシア、スウェーデン、アメリカなどからの参加者もありました。さらに、事後アンケートでは継続を望む声がたくさんあり、第二回目を九月五日（土）に、第三回目を十二月二十日（日）に実施しました。コロナで実施出来ずに窮地に立たされている外国語の検定試験の問題や、ゲーテ・インスティトゥート東京が実施した「オンライン多言語シンポジウム」の報告なども取り上げました。副題は、「コロナに負けない多言語教育」、「コロナをプラスに転じる多言語教育」、「コロナから立ち上がる多言語教育」として、前向きの姿勢を貫きました。

今年の三月十四日（日）のシンポジウムも、予定していた上智大学での実施は出来ず、同じくオンライン・シンポジウムとなりました。三回の臨時のオンライン・シンポジウムとは異なり、文部科学省のご挨拶を頂き、基調講演者は、『英語化は愚民化』（集英社新書）の施文恒（九州大学）先生にお願いし、大好評でした。九州在住の施先生は長年講師候補でしたが、遠方のために実施出来ずにいました。これもオンラインのおかげです。さらに、オンラインでなければ実施出来ない、高校生達のフランス語、ドイツ語、韓国語、ロシア語等によるパフォーマンスを特別企画として実施し、大好評でした。北海道、東京、神奈川の高校生の発表は、オンラインでなければ実施出来ませんでした。

このようにコロナでなければ実現出来ない活動を行った一年でした。前向きに捉え、収束を待ちたいと思います。

最後に、前述の山崎剛太郎先生のインタビューを引用しておきます。心に留め置きたいです。

吉朗　色々な仕事をされたのですね。

剛太郎　だけれども、フランス語から離れなかった。そういう意味で僕は幸せだったと思う。

吉朗　それでは、大分長い時間にもなってきましたので、最後に、フランス語を勉強している若い人に何かメッセージをお願いします。

剛太郎　強いていえば、フランス語という語学、言葉だけを勉強するのではなく、フランス語を通じて、フランスの文化を学ぶ、フランスの文化に接するということが一番大切ではないかと思います。こういうことを送りたいな。

吉朗　長い時間ありがとうございました。

バックナンバーのご案内

第六号（2011.4）
中村真一郎と三島由紀夫　井上隆史
『仮面と欲望』について　鈴木貞美
『時間の迷路』をめぐって　菅野昭正
中村真一郎のラジオ・ドラマについて　入沢康夫
中村真一郎のラジオ・ドラマ集　諏訪正
『夏』の女主人公A嬢をめぐる補遺（二）
　小林宣之
＊
新進女優として　平山真理子
中村真一郎と小佐井伸二　岸川典生
中村真一郎先生の著作との出会い　前野裕
〔連載〕＝豪徳寺二丁目猫屋敷（5）　木島佐一
＊
一九三六年のノート　中村真一郎　翻刻＝石
　井佑佳・岡崎直也

第七号（2012.4）
中村真一郎の功績　丸谷才一
中村真一郎『青春日記』に寄せて　鈴木貞美
習作期の中村真一郎　安西晋二
『中村真一郎　青春日記』にみる〈小説の方法〉
　岡崎直也
日記に見る中村真一郎と横光利一　石井佑佳
中村真一郎とヘンリー・ジェイムズ
　富士川義之
『潮騒』と『モスラ』　井上隆史
＊
在りし日の我が友　中村真一郎　山崎剛太郎
＊
フランスの車旅　川崎浹
先生の思い出　十河清
中村真一郎先生の思い出　片岡貞治
中村先生との思い出　松岡みどり
中村真一郎さんと「かるいさわいろ」
　岩崎信子
〔連載〕
中村真一郎に甦るネルヴァル（1）
　小林宣之
豪徳寺二丁目猫屋敷（6）　木島佐一

第八号（2013.4）
丸谷才一さんを偲んで　清水徹
＊
『中村真一郎　青春日記』と旧制高校
　依岡隆児＋竹内洋＋鈴木貞美
＊
『四季』のアレテイア　井上隆史
Ein Zwei Drei　近藤圭一
真一郎作品の前衛性　高井泉
中村真一郎と聖書　Sr・ムジカ・中村香織
＊
「とりかえばや物語」と中村真一郎
　下重暁子
聞くことのかなわなかった言葉　鳥山玲
中村真一郎の母の生家　松本茂
中村真一郎と小山正孝　小山正見
幻の詩人村次郎、その詩と人生　深澤茂樹
〔連載〕
中村真一郎に甦るネルヴァル（2）
　小林宣之
豪徳寺二丁目猫屋敷（7）　木島佐一
＊
中村真一郎初期短編集　編・解題＝安西晋二

第九号（2014.4）
中村真一郎さんの思い出　加賀乙彦
＊
『夏』を読む　池澤夏樹
＊
昭和三十七年の全体小説論　井上隆史
翻訳家・中村真一郎　三枝大修
中村真一郎と電パチ　貴船哲治
中村真一郎と信仰　Sr・ムジカ・中村香織
中村真一郎と村次郎と芥川比呂志　深澤茂樹
中村真一郎とジャン・ジロドゥ　矢代朝子
真一郎の綴り方と図面　松本茂
〔連載〕
中村真一郎に甦るネルヴァル（3）
　小林宣之
豪徳寺二丁目猫屋敷（8）　木島佐一

コロナ禍のなかで……

チリメン本のこと

山村光久

昨年末、スイスのちりめん本コレクターの Müller-Mosberger のコレクション、五二〇点（約五七六冊）が五五〇〇万円で売りに出された。これまで、えちご弘文堂の奥村さんや幕末屋のアレックス・バーンから聞かされていた女性。どこかの大学なり研究機関で一括に買い取ってもらいたいものだが、現在、買われた様子はない。昨夏、彼女のコレクションのカタログが発売され、注文して待つこと三カ月。分厚い三冊のカタログが届いた。

チリメン本というのは長谷川武次郎が、明治十八年から「桃太郎」、「花咲か爺」など日本昔話をまず英文で出版した際（巌谷小波よりも古い）、木版画、浮世絵に英語を配し、和紙をちりめん加工したもの（ややこしいことに平紙本もあり、広義のチリメン本とする）。その後、フランス語、スペイン語、ドイツ語、スウェーデン語、デンマーク語、ポルトガル語、ロシア語、オランダ語などでも刊行された。お伽噺の訳者には、B・H・チェンバレンをはじめ、ヘボンやL・ハーンなどの大物が名を連ねる。*The Prices Fire-flash and Fire-fade* なんて、『古事記』が英訳される前のもので、海彦山彦の物語。絵も美しいし、なんといってもちりめん加工されたしんなりとした手触りは絶品である。平成十四年に、荒俣宏が『水木しげる作品集』をちりめん本で作成しているが、紙質が違い、手触りが今一つ物足りない。

まとまった研究書としては、アメリカのシャーフという人がピーボディ・エセックス博物館から *Takejiro Hasegawa: Meiji Japan's Preeminent Publisher of Wood-Block-Illustrated Crepe-Paper Books* を一九九四年に出版している。この博物館は大森の貝塚を発見したモースがかつて館長を務めていた。長谷川の履歴や彼の友人だった翻訳者などに詳しい。日本では梅花女子大の石澤小枝子著『ちりめん本のすべて――明治の欧文挿絵本』(二〇〇四)が出ていて、各本の内容その他に詳しく、イギリスの外交官、ミッドフォードやら巖谷小波を教えてもらったが、梅花女子大のコレクションが一七〇冊ばかりで、とても「すべて」ではない。何代か前の英国駐日大使、ヒュー・コータッツィがみずからもちりめん本を集めて書いた *Images of Japan 1885-1912: Scenes, Tales and Flowers* を出版、いかにもコレクターの楽しみにあふれた内容だが、書誌学的には成果は乏しい。ホームページを持っているアメリカの古書店(?)、Baxley のページが書誌学的には、現在最も詳しい。Müller コレクションにも、この Baxley の画像が使われている。

私のちりめん本コレクションも徐々に増えて、関係書を含めると五百冊くらいになったろうか。

このちりめん本の最初期の画師は、鮮斎小林永濯で『明治版画史』(吉川弘文堂)によると、明治十八年の「東京流行細見」の中で、浮世絵系画工の八人中、かの月岡芳年に次いで二番目にランクされている。絢爛たる芳年や天才河鍋暁斎と違い、ケレンミや派手さはないが、まじめな秀才型画師である。永濯が死んで、鈴木華邨という画師が長谷川のお気に入りとなったようで、少なくともちりめん本には一六冊、彼の署名がある。阪急電鉄の創始者、小林一三は鈴木華邨を愛でて彼の逸翁美術館では、この秋に華邨展を開催する由、無論、日本画であろうが、こういった本道でない業績にも光を当ててもらいたいもの。その他、新井芳宗といううまい画師も。

頼まれたわけではないが、これだけの出版文化事業の全体像が分からないのも可哀そうではないか。物語についてはMüller コレクションがくわしいので、私はカレンダーに力を入れて集めている。そもそも百年も前のカレンダーが残されていること自体、奇跡のようなもので、なかなか市場に現れない。本仕立てのものが多いが、中には立体的な、貝や巾着型のモノ(手触りが素晴らしい)や、簾仕立ての五重塔や滝など、楽しんで作っている様子がうかがわれる。そもそも、日本国内のちりめん本コレクションは、放送大学三三八点、聖徳大学三〇〇点、京都外語大二〇五点、国際日本文化研究センター二〇〇点、東洋大一九九点、東女大比較文化研究所一八〇点、国会図書館一七一点、梅花女子大一六七点、国際交流基金一一六点、関西大学一〇三点、国際子ども図書館六七点、白百合女子大六三点などとなっており、福生郷土資料室や習字教育財団、観峰館からはそのコレクションのパンフレットが出版されているが、いずれも啓蒙的ですべてを網羅するには程遠い。

私のカレンダーコレクションは二二〇点を超えた。カレンダーは本のカテゴリーからは外れるため、国会図書館には三点しかなく、最も多い放送大学で八九点にとどまる。問題は、例えば一九一一年のものだけで一三種類もあり（もっとあるかもしれない）、一九一一年のカレンダーというだけでは区別がつかないこと。そこで、その道の友人（彼には手触りの似たポリエステルの布でちりめん本を複製してもらっている）に頼んで、全画像をアーカイブしてもらい、表紙のサムネイル付きのカタログを作った。Müller のカタログでは長谷川版カレンダー二三一点中の一二一点が彼女のコレクションにはなく、画像だけ Baxley などから借りてきている。カタログなどと比べると、ざっと見て私の手元にないカレンダーはあと百点ほどではないかと推測している。でもそれで完結するわけでもなさそう。やれやれ先は長い。

＊　山村医院のホームページから web を開き、「医師紹介」から画像を見ることができます（https://a-little-prayer.wixsite.com/yamamuraiin）。

バックナンバーのご案内

第十号（2015.4）
中村真一郎と〈マチネ・ポエティク〉のこと
清水徹
『マチネ・ポエティク詩集』とその時代
安藤元雄
〈マチネ・ポエティク〉における押韻
菅野昭正
『マチネ・ポエティク詩集』　池内輝雄
＊
中村真一郎と堀辰雄　影山恒男
ミメーシスと継承　鳥山玲
父、真一郎の思い出　Sr・ムジカ・中村香織
［連載］＝中村真一郎に甦るネルヴァル（4）
小林宣之／豪徳寺二丁目猫屋敷（9）　木島佐一

第十一号（2016.4）
協同作用と堀辰雄　渡部麻実
軽井沢という「故郷」　岡村民夫
中村真一郎《からの・への》堀辰雄・立原道造
竹内清己
＊
他者の視点の獲得　田口亜紀
木洩れ日のなかの写真と鹿　國中治
＊
美しい本を求めて　山村光久
メキシコ雑感　井上隆史
遠望の先に　高遠弘美
［連載］＝中村真一郎に甦るネルヴァル（5）
小林宣之

第十二号（2017.4）
文学を享受することを教授することについて
菅野昭正
＊
「死」をめぐって　井村君江
中村真一郎の意識の流れ　大髙順雄
中村真一郎と大岡信　越智淳子
＊
記憶のなかの中村真一郎　池内紀
ストーリーテラーとしての中村真一郎
前島良雄
『死の影の下に』と私　金子英滋
中村さんのこと。撮影のこと。　大月雄二郎
村次郎の語り　深澤茂樹
［連載］＝中村真一郎に甦るネルヴァル（6）
小林宣之

第十三号（2018.4）
中村真一郎の風景　荒川洋治
中村真一郎さんから渡されたもの
尾崎真理子
＊
中村真一郎『芥川龍之介の世界』との出会い、
そしてその意味　宮坂覺
中村真一郎の『とりかへばや物語』論
朝比奈美知子
中村真一郎の映画　山本裕志
プルーストへの思い　深澤茂樹
＊
故旧哀傷・中村眞一郎　中村稔
ドレフュスからバベルへ　平野新介
佐岐さんとの思い出　松岡みどり
『愛をめぐる断想』と『月刊つり人』
鈴木康友
昭和四十七年二月二十八日　後藤俊行
［連載］＝中村真一郎に甦るネルヴァル（9）
小林宣之

第十四号（2019.4）
『文章読本』から『四季』へ　戸塚学
モスラが来る！　西岡亜紀
ポエティク vs ロマネスク　山田兼士
＊
神々の黄昏　岩野卓司
ロマン主義的魂で読む『とりかへばや物語』
朝比奈美知子
『雲のゆき来』を読む　田口亜紀
＊
軽井沢、蓼科、熱海、パリ、東京　吉澤公寿
＊
旅立った仲間の霊前に　菅野昭正
影山恒男氏を悼む　林浩平

コロナ禍のなかで……

疫病禍《えやみか》のなかで

松岡みどり

コロナ禍によって自粛生活も、一年二カ月が経とうとしています。私は、もう四十年も前に、ドラマで夫婦役を演じた「サザエさん」のマスオ役の声優の増岡弘さんから「役者は、好きの延長のようなものだから、趣味を持つといいよ」と勧められ、当時西東三鬼の神戸時代を描いたNHKのドラマ人間模様「冬の桃」（三鬼役を小林桂樹さん）を見て、十七音で表現する俳句に興味を持ち始めたところを、フジテレビの方から、「会社に句会があり社外の人の参加も認めているから、やらないか？」と、声をかけられました。

それから四十年近く……。今では俳句結社銀化（中原道夫主宰）の同人で、「ものろおぐ」という句会の幹事を十年近く務めています。昨年三月の句会から、緊急事態宣言が出される四月七日の前になりますが、毎月区民センターの集会室での句会を、取りやめて通信句会という形を取りました。

俳句の投句を、本来の句会当日まで郵送で、またなかには、ファックスや、メールでも送って来る方もいらっしゃいますが、送られた俳句をシャッフルして清記用紙に、私が手書きして、主宰へ郵送手配を致します。この私の手書き作業に、間違いがあってはならないので、慎重にことを運ばなくてはなりません。いい加減な性格であった私がコロナ禍の、通信句会によって性格まで変わってしまったようです。ほんとうに不思議です。

主宰からは、数日後に結果が届き、清記用紙の俳句に並選、特選と印が付けられ、それらの選評と共に、投句された俳句全部に、主宰の評が事細かに書かれています。

本来句会は、互選と主宰の選が披講され、それらの俳句について、選評がありますが、通信句会になってからは、全ての俳句に主宰からのコメントがあり、句会に出ても、自分の俳句が全滅の時が、たまにどころか、よくあるので、私以外でも通信句会になったことを、喜んでいる句友が大勢います。とは申せ、通信句会になって私の作業つまり主宰から届いた選、選評を人数分コピーして、次回の案内やまた投句者、一人ひとりに一筆箋にお手紙を認め、そのような郵送作業に、思いのほか時間が、かかり自粛生活と言えども、かなり慌しい日を過ごすことになります。また、外出もままならない自粛生活では、句材の発見が思うようになりません。また、時事俳句は、指導者によっては、作らないようにと、言われると聞いたこともありますが、このコロナ禍での暮らしのなかから、生まれた俳句は、今しか出来ない俳句でもあり、私自身の証しであるように思えます。今回思いがけない蟄居のような自粛生活から、生まれた俳句をご紹介させて頂きます。

自粛からの眺め

二〇二〇年四月より二〇二一年三月まで

人の死を受け入れられぬまま五月
自粛からの眺め泰山木の花

コロナウィルス感染のため俳優・和田周さん、亡くなる。

留学生の韓さん、急用で韓国へ帰国、直ぐに隔離される。

隔離とふ身よ夏の月仰ぎやる
電話以て疫病禍《えやみか》の愚痴秋暑し
無聊なる日を積み重ね冬に入る
咳ひとつ思はず周り見てしまふ
春愁化粧する気もおこらない
疫病禍《えやみか》の子の掌に雛あられ

山崎剛太郎さん追悼

ピュア、シンプル、コンパッシオン

山崎剛太郎さんの生き方

小山正見

山崎剛太郎さんが亡くなった。知らせを聞いて、思わず涙が滲んだ。山崎さんは、詩人だった父、小山正孝の生涯の親友であり、私にとってもかけがいのない恩人だった。

山崎さんは、ぼくが生まれたときには、我が家の話題の中心にいた。ぼくは、山崎さんの名前を聞きながら育った。当時の多摩川園遊園地でお猿の電車に乗せてもらったのは五歳の時だった。小学生だったぼくの心に鮮明に焼き付いている映画は、山崎さんの勤める東宝東和の試写室で見せてもらった「沈黙の世界」と「赤い風船」だ。山崎さんは偉い人だが、僕にとっては「山崎のおじちゃん」だった。

今年の二月十二日、剛太郎さんが救急車で運ばれたという連絡が入った。案じていたが、危機を脱したとの情報を得て安心していた。退院してから、階段の多い家で山崎さんが今後どのように生活されるのかということばかり心配していた。それが、まさか不帰の人となろうとは……

山崎さんと父・正孝は、府立四中（現・都立戸山高校）で同じクラスになった。どこで馬があったかは知らないが、先生に「お前たちはいつも一緒にいるね」「お前たちは同性愛じゃないか」と言われほどの仲だったという。

正孝は山崎さんについて、次のように書いている。

「はじめの頃の（山崎さんの）小説の大人びた文章と圧倒的な量産には、人を押し倒してのしていく迫力があつた。その頃、大思想全集を一日一冊読了すると言ってゐた。勉強家である彼はそれを実行した。……「薔薇物語」は、骨を削るやうないとなみの中で書きすすめられた。僕は立原道造に彼の作品を読んでもらつた。……立原道造は非常に興味をもつて読んだ。

『かういふ行き方があることはわかる。それを実行している人があるとは知らなかつた』さういふ意味のことを言つた。山崎のとつた道が如何にむづかしひものであるか、しかし、山崎の書いたものは、そのむづかしさを克服してゐるといふことを言つてゐた。」(「詩学」一九七〇年六・七月合併号)

昨年十一月。山崎さんがお元気なうちにという思いから『薔薇物語』から『薔薇の晩鐘』まで――山崎剛太郎の世界――」というイベントを女優の梶三和子さんと相談して企画した。山崎さんはこの企画をとても喜んでくれた。

独特の雰囲気を持った自由学園明日館を会場に催されたこのイベントには、コロナ禍にもかかわらず、八十人を超える方々が集まった。山崎さんは、最後に舞台に自分の足で上り、人生について、自分の生き方について語った。

「大切にしてきたことは、シンプル、ピュア、そしてコンパッシオン。人生をあまり複雑にしないで、純粋に、そして人と同じような感じ方をしながら生きるということです」と語った。とても百歳を超えた人と思えない口調だった。

「フランス映画は、どのような生き方も否定しない。私は、フランス映画、フランス語というものと離れないで生きてきたことが幸せだった」と話し、最後に「さよならだけが人生だ」と言って、舞台を降りた。

今となっては、山崎さんの遺言と受け取るしかない。

山崎さんは、立派な仕事を成し遂げた人だ。七百本のフランス映画の字幕翻訳を行い、フランス政府からは芸術文化勲章も贈られた。晩年になっても詩を書き続け、亡くなる直前まで元気だった。

目が見えないと言いながら、毎日散歩を続け、一人でどこにでも出かけた。

こんな風に生きたいものだと私だけでなく誰しもが思っていたであろう。

山崎さんの生き方の秘密は、正に「シンプル、ピュア、コンパッシオン」にあると思うが、もう一つ印象に残ったことを紹介する。

私は、詩人小山正孝を顕彰するために『感泣亭秋報』という小冊子を毎年発行している。二〇一八年に「山崎さんの百歳を寿ぐ」という特集を組んだ。

その特集のために、山崎さんにインタビューをした。

その中で、山崎さんはインドシナでの思い出を語ってくれた。早稲田大学卒業後、外務省に勤め、その任地がベトナムであったことは知っていた。

山崎さんは、終戦をベトナムで迎えた。ところが、あろうことかフランス軍の軍法会議にかけられ、懲役五年の刑で監獄島に入れられたのだ。

人生としては、最大の苦難であろう。ところが、山崎さんは、

「……まあ、こういうこともあるかな、帰ったら小説にでも書こうかな、なんて、割に楽観的に考えていた」

と言うのだ。

「僕はいつも、マイナス思考をしないでプラス思考で生きて来たので、ああ、これも経験の一つ、というようなことでございます」

と笑いながら話を終えた。

言うことばがなかった。こんな風にはなかなか生きられない。

山崎剛太郎さんは、百三歳。天寿を全うしたと言えよう。しかし、ぼくにとっての「山崎のおじちゃん」はいなくなってしまった。

ぼくは、寂しい。

やっぱり、寂しい。

＊――中村真一郎の会

短信

（20.4 - '21.3）

【会合・催物】

朗読会＝『薔薇物語』から『薔薇の晩鐘』まで――詩人・山崎剛太郎の世界★二〇二〇年十一月八日、自由学園明日館。主催＝「『薔薇物語』から『薔薇の晩鐘』まで」実行委員会。朗読＝梶三和子。

【出版物】

沓掛良彦『耽酒妄言　枯骨閑人文酒閑話』★平凡社、二〇二〇年四月刊。

和田博文編『森の文学館――緑の記憶の物語』★ちくま文庫、七月刊。中村真一郎「遺跡訪問」（『永遠の処女』所収）を含む。

三浦信孝・鷲巣力編『加藤周一を21世紀に引き継ぐために』★水声社、九月刊。

井上隆史『暴流の人　三島由紀夫』★平凡社、十月刊。第七十二回読売文学賞評論・伝記賞を受賞。

吉行淳之介選、日本ペンクラブ編『文章読本』★中公文庫、十一月刊。中村真一郎「口語文の改革」（『文章読本』所収）を含む。

『感泣亭秋報』第十五号★感泣亭アーカイヴズ、十一月刊。

【訃報】

深澤茂樹（ふかさわしげき）氏★村次郎研究会代表。本会会員。二〇二〇年十二月二十四日、死去。享年七十四。

山崎剛太郎（やまさきこうたろう）氏★詩人、フランス映画字幕翻訳家。本会会員。二〇二一年三月十三日、肺炎のため死去。享年百三。小説に『薔薇物語』（雪華社、一九八五年）、詩集に『夏の遺言』（二〇〇八年）、『薔薇の柩　付・異国拾遺』（二〇一三年、いずれも水声社）、『薔薇の晩鐘　付・落日周辺』（春秋社、二〇一八年）がある。一九九〇年、フランス政府より芸術文化勲章オフィシエを受ける。

渡辺守章（わたなべもりあき）氏★フランス文学者、演出家。「空中庭園」主宰。東京大学名誉教授。日本芸術院会員。本会会員。二〇二一年四月十一日、胸部大動脈瘤破裂のため死去。享年八十八。主な著書に、『ポール・クローデル――劇的想像力の世界』（一九七五年）、『虚構の身体』（一九七八年、いずれも中央公論社）、『哲学の舞台』（ミシェル・フーコーとの共著、朝日出版社、一九七八年）など、主な訳書に、ラシーヌ『フェードル　アンドロマック』（一九九三年）、ポール・クローデル『繻子の靴』（二〇〇五年、いずれも岩波文庫）など多数ある。二〇一九年、フランス政府よりレジオン・ドヌール勲章シュヴァリエを受ける。

【事務局から】

イスラエルの修道女、中村香織さんより、ご友人のシスター頼泰子さんは山陽の直系の子孫にあたる旨のお手紙と、頼さんとそのご家族の写真を、事務局までお送りいただきました。ありがとうございました。

＊――中村真一郎の会

趣意書

中村真一郎の本格的な文学的生涯は、第二次大戦終結とともに開始された。爾来、一九九七年末に他界するまで半世紀、その活動は日本の文学に新しい領域を開拓しつづけた。そして、最後まで、〈戦後派〉の文学者としての自負と誇りに生きた。

この場合、〈戦後〉とはただ時代の区分に関わるのではなく、日本の文学を戦前の狭隘から開放し、多様かつ豊饒な世界へと革新する困難な文学的行為を意味する。中村真一郎はまことに弛みなくそれを実践した。したがって、〈戦後派〉の文学者という自負は、取りも直さず二十世紀の日本文学の開拓者たらんとする自覚の表明ということにもなるだろう。中村真一郎はその自負あるいは自覚を全うした文学者である。

『四季』を頂点とする三つの大河小説的長篇は、ある時代の精神風俗と個人の内的冒険を融合する、かつて日本に乏しかった振幅のひろい小説世界を実現した。平行して書かれた数多い中篇・短篇小説は、精神と魂の諸領域の秘密をきめ細かく探りつづけた。江戸文明の精髄を生きた三人の知識人の生涯を考察した三部作には、評伝文学の新しい可能性が示された。日本・西欧の昔と今にわたり、及ぶ者のない広範な読書と該博な知識にもとづいて、文学の魅力をのびやかに渉猟した批評の数々。また押韻定型詩の試みは、継続の機会に恵まれなかったものの、日本近代詩がとかく軽んじがちだった形式感覚をめぐって、重要な一石を投じた事件だった。さらに詩劇を含む戯曲、放送劇、随筆、翻訳の領域でも目覚しい仕事を残した。

それら厖大でしかも多彩な業績は、どのようにして産みだされたのか。古今東西の文明・文学を見わたす視野の広範さ、想像力の自在な活動とそれを愉しむしなやかな感覚、現代を生きる倫理のありかたを考える意識（それはしかし偏狭さや偏見と無縁である）……。そこではまた精神の自由が重んじられ、魂の神秘が慈しまれる。それらが渾然一体となって、中村真一郎の創造の源泉を形づくることになった。

中村真一郎の作品はその生前から評価されていたし、文学的創造の姿勢はときに無理解な反撥を受けることはあっても、決して軽んじられていなかった。しかしながら、正当な評価で報いられたかとなると、大いに疑問である。文学的立場の輪郭は人の知るところであったとしても、その意味するところが正確に測られていたとは言いがたいものがある。

私たちがここに「中村真一郎の会」を組織することを発議したのは、以上の状況を十分に勘案して、中村真一郎の文学的業績と文学的立場の全体にわたって、その真価をもっと広く深く解明するのは急務であると判断したからである。そして当然ながら、この会の活動は、二十世紀の日本文学の創造したものを二十一世紀へと架橋する役割を果すことにもなるだろう。中村真一郎の文学に関心を寄せ、親しみ、敬愛するひとびと、中村真一郎の達成した仕事を通して、明日の文学を考えようとするひとびとの、幅ひろい活発な参加を得て、中村真一郎にふさわしい自由闊達な交歓の場が誕生することを私たちは期待している。

＊——中村真一郎の会

会則

第一章——総則

第一条（名称）

本会は中村真一郎の会という。

第二条（事務局）

本会は、事務所を株式会社水声社編集部（神奈川県横浜市港北区新吉田東一—七七—一七）内におく。

第三条（目的）

本会は、中村真一郎の業績を讃え、これを広く、かつ永く伝えることを目的とする。そのために、第四条に記する事業を行い、中村真一郎の作品を愛する者、研究する者、関心を持つ者が、広く交流し、中村真一郎とその作品についての理解を深めるための場をつくることをめざす。

第四条（事業、活動内容）

本会は、前記の目的を達成するために次の活動をおこなう。

一、中村真一郎に関する講演会、研究発表、シンポジウムなどの開催。

二、機関誌「中村真一郎手帖」（年一回）の編集。

三、インターネット上での情報公開。

四、その他、幹事会が必要と認める事業。

第二章——会員・会費について

第五条（会員の資格）

本会は、中村真一郎の作品を愛する者、研究する者、関心を持つ者は誰でも会員になることができる。会員は、普通会員（学生会員）、法人会員、にわかれる。

第六条（会費）

一、普通会員は年会費一口五千円とする。

（学生会員は年会費二千円）

二、法人会員は年会費一口二万円とする。

三、年会費は、毎年年度のはじめに支払うものとする。年度の途中で入会するときは、そのときに、その年度の年会費を支払うものとする。

第七条（会員の権利・義務）

一、会員は、会の総会に出席し、発言し、表決に参加できる。

二、会員は、会のすべての催しの案内を受け、参加することができる。

三、会員は、機関誌に投稿することができる。

四、会員には、会の刊行物が無料で送付される。

五、会員は、上記の会費を納入しなければならない。二年間の会費未納者は、会員資格を失う。

六、会員が会の活動に支障を生じるような行動をしたときは、幹事会の決議により、退会を勧告されることがある。

第三章――役員について

第八条（役員の種類と定数）

本会に次の役員をおく。

一、会長　一名

二、幹事長　一名

三、常任幹事　四～七名

四、幹事　十五～二十名

五、事務局長　一名

六、監事（会計監査）　一名

第九条（役員の選任）

会長は、会員の中より幹事会において選出する。また、幹事会において、幹事長、常任幹事、事務局長を、互選により選出する。

第十条（役員の任期）

役員の任期は、選任の日から二年とする。ただし再任を妨げない。任期の中途で就任した役員の任期は、他の役員と同時に終了する。

第十一条（役員の職務）

一、会長は、本会を代表する。

二、幹事長は、会の運営全般を統括する幹事会を代表し、常任幹事とともに、会の事務を執行する。幹事長は、会長を補佐し、会長に差し支えがあるときは、会長の任務を代行する。

三、常任幹事は、幹事長を補佐し、幹事長がその職務を執行できないとき、その代行をする。

四、幹事は幹事会を構成し、会務を執行する。

五、幹事会は、本会則規定事項、総会より付託を受けた事項、その他会務に関する必要な事項を決定するものとし、幹事長が招集し、出席幹事の過半数をもって決議する。

六、幹事会は年に一回行うものとする。ただし、幹事長の招集により、随時、行えるものとする。

第十二条（監事の職務）

監事（会計監査）は、本会の会計を監査し、監査の結果を幹事会および総会に報告する。

第四章——総会

第十三条（総会）

会長は、毎年一回、総会を招集しなければならない。総会は会員の三分の一の出席（委任状によるものを含む）があったときに成立する。総会の議長は、会長またはその指名する幹事とし、総会を運営する。

第十四条（総会の権限）

総会は、次の議案を議決する。

一、幹事、監事の選出
二、前年度活動報告、ならびに会計報告の承認
三、当年度予算案、ならびに活動計画案の承認
四、会員から提出のあった議案
五、本会則の改正
六、解散
七、その他、幹事会が必要と認めた事項

第十五条（総会の議決）

総会の決議は、出席会員（委任状によるものを含む）の過半数をもってなす。

第五章——会計

第十六条（経費）

本会の経費は、会費、寄付金、その他をもってあてるものとする。

第十七条（会計年度）

会計年度は、四月一日から、翌年三月三十一日とする。

第十八条（会計報告）

会計報告は、監事が年度終了後に開催される総会においてなし、総会の承認を得るものとする。

第六章——付則

第十九条（施行日）

本規約は、結成総会の日から施行する。

第二十条（創立年度の会計年度）

本会創立年度の会計年度は、結成総会後の三月三十一日までとする。

役員一覧（2018. 4 - 2020. 3）

会長
清水徹（2018. 4 - 2019. 3）
安藤元雄（2019. 4 - 2020. 3）

監事
十河章

幹事
粟津則雄
安藤元雄（常任幹事 2018. 4 - 2019. 3）
池内輝雄（常任幹事）
井上隆史
岩野卓司（常任幹事）
影†山恒男（常任幹事）
菅野昭正（常任幹事）
木村妙子（常任幹事 2019. 4 - 2020. 3）
小林宣之（常任幹事）
近藤圭一
鈴木貞美（幹事長）
鈴木宏（事務局長）
本多美佐子
松岡みどり（2019. 4 - 2020.3）
（新型コロナ禍のため、役員改選は次回総会〔2022.4〕の予定です。）

【執筆者一覧】

ドミニク・パルメ［Dominique Palmé］■――一九四九年生まれ。翻訳家。中村真一郎『夏』、三島由紀夫『仮面の告白』『音楽』をはじめ、日本近現代文学の仏訳を多数手がける。

井上隆史［いのうえたかし］■――一九六三年生まれ。白百合女子大学教授（日本近代文学）。著書に、『「もう一つの日本」を求めて』『暴流の人三島由紀夫』などがある。

鈴木貞美［すずきさだみ］■――一九四七年生まれ。国際日本文化研究センター、総合研究大学院大学名誉教授。著書に、『戦後文学の旗手中村真一郎』などがある。

池内輝雄［いけうちてるお］■――一九三八年生まれ。元筑波大学・國學院大学教授（日本近代文学）。著書に、『堀辰雄』、『中村真一郎　青春日記』（共編）などがある。

近藤圭一［こんどうけいいち］■――一九六二年生まれ。聖徳大学准教授（日本近代文学）。著書に、『福永武彦を語る　2009-2012』（共編著）などがある。

松岡みどり［まつおかみどり］■――一九五五年生まれ。女優。俳句結社銀化同人。舞台、テレビドラマ、ラジオドラマ多数出演。現在は朗読に力を入れて活動する。

朝比奈美知子［あさひなみちこ］■――東洋大学教授（フランス文学）。著書に、『フランスから見た幕末維新』（編訳）、『両大戦間の日仏文化交流』（共著）などがある。

田口亜紀［たぐちあき］■――共立女子大学教授（フランス文学）。著書に、『近代日本とフランス象徴主義』（共著）、『フランス文学を旅する六〇章』などがある。

渡邊啓史［わたなべひろし］■――一九五六年生まれ。専攻、数学・情報理論。論文に、"Clustering as average entropy minimization and its application to structure analysis of complex system"（2001 IEEE SMC Conference）などがある。

小林宣之［こばやしのぶゆき］■――一九五三年生まれ。大手前大学教授（フランス文学）。著書に、『エクリチュールの冒険』（共著）などがある。

木村妙子［きむらたえこ］■――一九五七年生まれ。外国文学作品、読書雑誌の編集者を務めた後、学術図書の出版活動に携わる。著書に、『三木竹二』などがある。

大藤敏行［おおとうとしゆき］■――一九六三年生まれ。軽井沢高原文庫副館長。著書に、『ふるさと文学散歩　長野』（監修）などがある。

三枝大修［さいぐさひろのぶ］■――一九七九年生まれ。成城大学准教授（近代フランス文学）。著書に、『フランス文学を旅する六〇章』（共著）などがある。

山崎吉朗［やまざきよしろう］■――一九五三年生まれ。東洋大学講師（教育学、教育政策）、（一社）JACTFL 理事長。著書に、『多言語社会に向けて』（共著）などがある。

山村光久［やまむらみつひさ］■――一九五〇年生まれ。田舎医者のかたわら、ディレッタントとして音楽（特に古楽）・文学（チリメン本収集など）を楽しむ。

小山正見［おやままさみ］■――一九四八年生まれ。〈感泣亭アーカイヴズ〉主宰。著書に、『どの子でもできる10分間俳句』などがある。

●入会案内

中村真一郎の会は、中村文学を愛する方であれば、どなたでも入会できます。

入会をご希望の方は、事務局（神奈川県横浜市港北区新吉田東一―七七―一七　水声社編集部内　〒二二三―〇〇五八　電話〇四五―七一七―五三五六）までご一報の上、郵便振替にて当該年度の会費（一般五千円、学生二千円）を左記口座へお振込みください。

加入者名　中村真一郎の会
口座番号　〇〇一〇〇―〇―七〇五六九五

●投稿規定

当会では、機関誌への会員の皆様のご投稿を、随時受け付けております。

原稿は縦書き、二千字から六千字で、お名前、ご住所、電話番号、職業、年齢をお書き添えの上、事務局までご送付ください（デジタル・データがあれば、なお可）。投稿原稿は原則としてお返しいたしませんので、コピーをとってからお送りください。

掲載の可否は編集委員会の決定によりますので、掲載できない場合もございます。また、掲載にあたって、文意を損なわない範囲で手を加えさせていただく場合がありますが、ご了承ください。

●寄付者一覧（2020.4-2021.3）

左記の方々からご寄付をいただきました。記して感謝いたします

金子英滋様　五、〇〇〇円
十河章様　五、〇〇〇円
鈴木宏様　五、〇〇〇円

＊　小林宣之「中村真一郎に甦るネルヴァル」は休載いたします。

中村真一郎手帖

第一六号▼編集……中村真一郎の会▼発行……株式会社水声社東京都文京区小石川二―七―五〒一一二―〇〇〇二▼電話〇三―三八一八―六〇四〇▼FAX〇三―三八一八―二四三七▼印刷製本精興社▼ISBN978-4-8010-0572-3▼二〇二一年六月二〇日印刷二〇二一年六月三〇日発行▼中村真一郎の会ホームページ……http://www.suiseisha.net/nakamura/▼装丁……齋藤久美子▼表紙写真……日本経済新聞社提供